ŒUVRE
de Mr.
DE LA FOSSE

LA COQUETTE, ET LA FAUSSE PRUDE,

COMEDIE.

A PARIS,
Chez PIERRE RIBOU, seul Libraire de l'Académie Royale de Musique, sur le Quay des Augustins, à la quatriéme Boutique, à la descente du Pont-neuf, à l'Image S. Loüis.

M. DCC. XVIII.
AVEC PRIVILEGE DU ROY.

ACTEURS.

DAMIS,	mary de Cephise.
CEPHISE,	femme de Damis.
CIDALISE,	niéce de Damis.
LUCILLE,	cousine de Cidalise.
ERASTE,	Amant de Cidalise.
Mr DURCET,	Conseiller.
LE COMTE,	Amant de Lucine.
Mr BASSET,	Financier.
MARTON,	femme de chambre de Cidalise.
PASQUIN,	Valet d'Eraste.
UN LAQUAIS	de Cidalise.

La Scene est dans l'Anti-chambre de Cidalise.

LA COQUETTE ET LA FAUSSE PRUDE, *COMEDIE.*

ACTE I.

SCENE PREMIERE.

DAMIS, CIDALISE, MARTON.

DAMIS.

HE' ventrebleu, Madame, mariez-vous, mariez-vous, mariez-vous; hé mariez-vous, pour la centiéme fois, & ne vivez point comme vous faites.

CIDALISE.

Que fais-je donc, Monsieur, de grace, qui mérite des réprimandes de la sorte ?

DAMIS.

Hé mariez-vous, vous dis-je, & ne me forcez point à m'expliquer mieux.

CIDALISE.

Vous estes mon oncle, Monsieur.

DAMIS.

Ouy, testebleu, je le suis.

CIDALISE.

Je ne conseillerois pas à qui que ce fust dans le Royaume, de penser la moindre des choses que vous m'osez dire.

DAMIS.

Je ne connois aussi personne dans le Royaume, qui voulût penser la moindre des choses que vous faites.

CIDALISE.

En verité, Monsieur, vous m'en dites un peu trop.

DAMIS.

N'en faites pas tant, je vous en dirai moins.

MARTON.

Ne lui répondez point, Madame.

CIDALISE.

Laisse-moy.

DAMIS.

Il n'est point de patience, qu'on ne poussast à bout.

CIDALISE.

Expliquez-vous de grace.

DAMIS.

Hé, Madame.

CIDALISE.

Parlez, je vous prie.

DAMIS.

Hé, Madame.

CIDALISE.

Oh parlez, Monsieur, s'il vous plaît, ou me laissez en repos. Votre silence m'outrage plus que tout ce que vous me pourriez dire.

DAMIS.

Par la morbleu, si je le rencontre chez vous...

CIDALISE.

Encore ?

DAMIS.

Je veux estre le dernier des hommes.

CIDALISE.

Hé bien ?

DAMIS.

Si je n'avertis votre pere.

CIDALISE.

De quoy ?

DAMIS.

Des visites d'Eraste, à qui j'ay deffendu de venir icy.

CIDALISE.

En verité, Monsieur, si vous n'estiez point mon oncle, je vous dirois des choses qui ne vous plairoient point du tout.

DAMIS.

Et moy, parce que vous estes ma niéce, je vous diray que vous estes une extravagante, & que si vous ni donnez ordre, & promptement, vous vous repentirez de n'avoir pas mieux profité de mes conseils.

MARTON.

Oh par ma foy je ne sçay plus où j'en suis.

Quoi toûjours des emportemens, des menaces; il semble à vous entendre, que nous ayons merité..... Que sçais-je moi? Mais aussi n'est-il pas vrai; ne diroit-on pas que nous commettons tous les crimes imaginables? Car enfin, qui parle à Madame, parle à moi : Qui la querelle, m'offence : Je ne sçaurois m'accoutumer à tout ceci; c'est tous les jours chose nouvelle, & quelque déraisonnable que vous soyez aujourd'hui, il ne tiendra qu'à vous de l'estre demain davantage.

CIDALISE.

Vous voyez, Monsieur, ce que vos manieres vous attirent.

DAMIS.

Je vous avois déja prié, Madame, de vous défaire de Mademoiselle Marton.

MARTON.

Hé bien, Monsieur, je sortirai, j'y consens, je ne la verrai plus quereller mal-à-propos du moins.

DAMIS.

Souvenez-vous-en, Madame, je vous prie.

MARTON.

Allez, allez, Monsieur, laissez-moi ce soin. Quelque plaisir qu'on ait d'estre à Madame, que ne feroit-on point pour ne vous plus voir.

DAMIS.

Faites-la taire, Madame, cela n'a point bon air du tout, croyez-moi.

CIDALISE.

Ce n'est pas elle, Monsieur, que j'aurois le plus d'envie qui se tust.

MARTON.

Oh par ma foi, je veux joüer de mon reste; & si je sors au moins, ne sera-ce point sans vous avoir dit ce que j'ay sur le cœur. Je voudrois bien sçavoir

MARTON.

Pour moy je suis à bout, je ne le comprends point.

CIDALISE.

Ni moy non plus.

MARTON.

Qui peut l'irriter de la sorte?

CIDALISE.

Je commence à le deviner.

MARTON.

Il ne faut qu'une bagatelle pour le mettre de mauvaise humeur.

CIDALISE.

Un rien suffit pour le mettre en colere.

MARTON.

Cela est vray. Vous ne vous levastes pas hier assez matin, & vous le fistes attendre à dîner. Il querella deux heures, je ne vois pas pour moi.

CIDALISE.

Dîne-t-on devant trois heures à Paris?

MARTON.

C'est ce que je lui dis. Il se plaint aussi que vous voyez trop de monde, & que....

CIDALISE.

Veut-il que je ferme la porte à tous mes amis?

MARTON.

Quelle apparence? Vous allez, dit-il, souvent aux Comedies, à l'Opera, au Bal, & vous joüez gros jeu.

CIDALISE.

Le Carnaval, peut-on faire autre chose?

MARTON.

J'en demeure d'accord. L'Esté, vous aimez à vous promener, & vous ne revenez pas de bonne heure d'ordinaire.

CIDALISE.

N'est-ce pas une chose bien étrange de se promener l'Esté ?

MARTON.

Rien n'est plus naturel sans doute. Vous avez des amans, & le nombre peut-être pourroit.....

CIDALISE.

Est-ce un crime d'avoir des amans ?

MARTON.

Non un crime. Voilà un plaisant crime ma foy. C'est un crime bien plûtôt de n'en avoir pas aujourd'hui. Allez, allez, Madame, il se moque de nous. Ne vous contraignez point ; pourvû qu'on ait la conscience nette, qu'importe des discours ? Laissez quereller Monsieur votre oncle, n'en faites pas moins tout ce que vous voudrez ; la liberté est une belle chose ; vous en joüirez tous deux, il se veut fâcher, il se fâchera : vous voulez vivre à votre maniere, vous y vivrez.

CIDALISE.

Depuis très-peu de temps ma conduite le blesse, & j'en découvre les raisons.

MARTON.

Il faut effectivement qu'il y ait quelque chose à tout ceci, que je ne comprens point, depuis deux ans que je suis avec vous, nous avons toûjours vêcu comme nous vivons, & votre oncle ne nous persecute que depuis trois mois

CIDALISE.

Et tu ne pénétres point encor d'où cela vient ?

MARTON.

Non ma foy.

CIDALISE.

Tu ne vois pas là l'esprit de ma tante à découvert,

MARTON.

Non, vous dis-je.

CIDALISE.

Tu ne connois pas que c'est elle qui pousse mon oncle à me tourmenter.

MARTON.

Hé pourquoy ?

CIDALISE.

Par jalousie.

MARTON.

Et de qui ?

CIDALISE.

De moy.

MARTON.

Expliquez-vous.

CIDALISE.

Elle s'imagine que je suis le seul obstacle à l'amour qu'elle a sans doute pour Eraste.

MARTON.

Ah par ma foy, Madame, vous avez raison. Je rappelle mille & mille choses qui me convainquent de ce que vous dites. En verité je suis bien sotte.

CIDALISE.

Ne remarques-tu pas toutes les fois qu'Eraste me vient voir, que ma tante descend aussi-tôt icy ?

MARTON.

Justement.

CIDALISE.

Quelle me charge toûjours de quelque affaire qui m'oblige à sortir, afin qu'elle demeure seule avec luy. J'ay vingt fois eu la pensée d'en avertir mon oncle.

MARTON.

Cela n'auroit de rien servi, Madame. Il la ver-

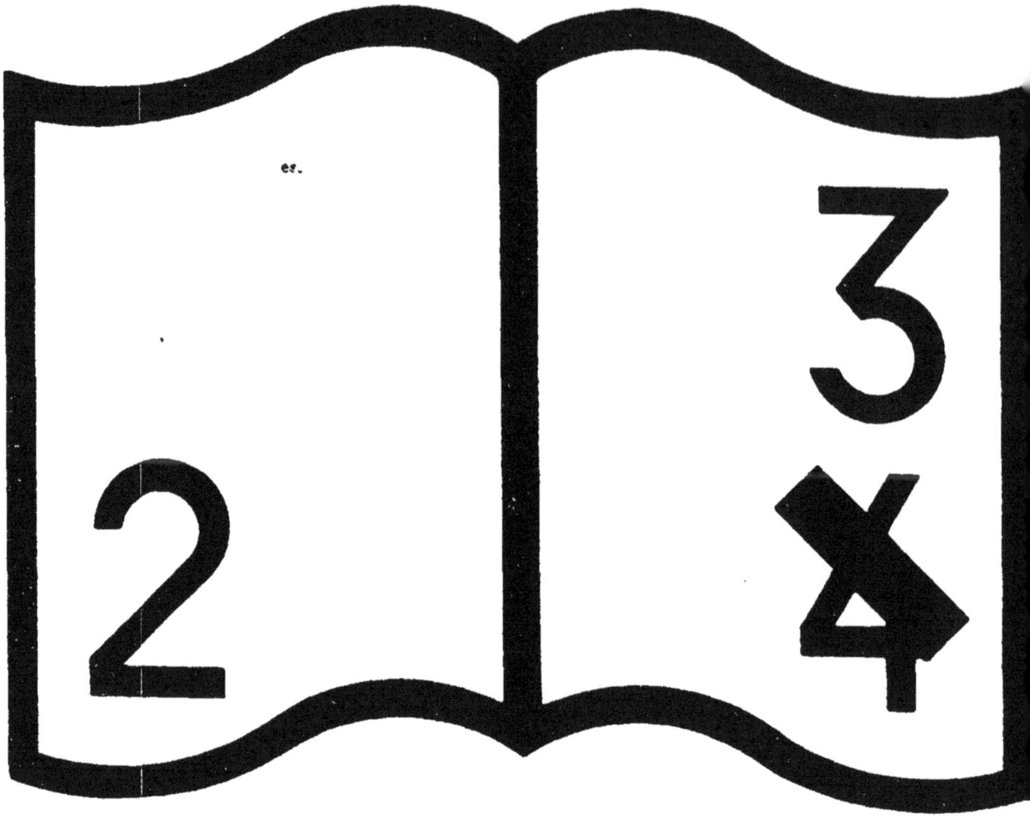

Pagination incorrecte — date incorrecte

NF Z 43-120-12

roit dans les bras de trente hommes, qu'il n'en prendroit aucun soupçon. Ses dehors affectez, ses discours éternels de morale & de vertu, son déchaînement contre tous les plaisirs, dont elle sçait goûter jusqu'aux moindres délicatesses, luy donnent un empire absolu sur l'esprit de Monsieur votre oncle.

CIDALISE.

C'est aussi ce qui m'a empêché de hazarder la chose.

MARTON.

Vous avez fort bien fait.

CIDALISE.

Mais enfin ils auront beau me persecuter. La jalousie de ma tante, le pouvoir de mon oncle, ni celui de mon pere même ne me forceron point à me remarier contre mon inclination.

MARTON.

Gardez-vous bien, Madame, de rien précipiter là-dessus. Vertu de ma vie ce ne sont point ici des bagatelles, vous iriez prendre quelque brutal de Provincial, peut-estre qui nous tailleroit de la besogne. Hé ne vous mariez point, Madame, sans avoir bien examiné celuy que vous choisirez. Brutal pour brutal, j'aime mieux un oncle qu'un mary.

CIDALISE.

Il faudra que je sois bien assurée de la complaisance de celuy qui me déterminera au mariage.

MARTON.

Vous parlez en femme de bon sens; un choix bon ou mauvais est excusable la premiere fois, la curiosité peut faire bien des choses; mais la seconde, il faut d'autres raisons que la curiosité.

CIDALISE.

CIDALISE.

Ah je sçai trop ce qu'il m'en a coûté pour avoir obéï aveuglement !

MARTON.

Dans les sentimens où je vous vois, Monsieur Durcet est celui qu'il vous faut.

CIDALISE.

Et sur quoy juges-tu cela, Marton ?

MARTON.

Sur le grand attachement que vous avez pour la liberté.

CIDALISE.

Monsieur Durcet est un fort honneste homme : mais ma pauvre Marton, je n'aime point les gens de robe.

MARTON,

Je ne vous en parlois que pour cette liberté qui vous est si précieuse. Il y a de certaines heures avec ces Messieurs-là, où l'on en prend tout à son aise, & celui-cy me paroissoit homme à vous en laisser autant que vous auriez voulu. S'il découvre vos sentimens, il se pendra, Madame, assurément. Il est vray que vous ne le traitez pas plus mal que les autres, à qui vous promettez la même chose.

CIDALISE.

Tant que mon procès durera, dont il est Rapporteur, je me garderai bien de le desabuser.

MARTON.

J'ai oüi dire que c'étoit un homme admirable pour les procez desesperez ; mais, Madame, Monsieur Basset n'est point homme de robe, c'est un de ceux que vous flattez aussi de la même esperance.

CIDALISE.

Il n'est pas Gentilhomme seulement.

MARTON.

Comment, Madame, vous mocquez-vous ? son pere & luy ne sont-ils pas dans les affaires ?

CIDALISE.

Ce n'est pas une consequence.

MARTON.

Mais n'est-ce pas dans les affaires où l'on s'enrichit.

CIDALISE.

Ordinairement.

MARTON.

Allez, allez, Madame, il sera bien-tôt noble, le nom changé fait tout, au lieu de Basset, Monsieur le Marquis, achetter une Charge, répandre deux miliers de pistoles à prester à propos ; il trouvera des amis & des parens à la Cour, même son pere l'a fait riche ; il fera son pere Gentilhomme ; la plume usurpe la Noblesse aussi-bien que l'épée.

CIDALISE.

Quoy qu'il en soit Marton, je ne serai jamais la femme de Monsieur Basset, sous quelque nom ni quelque qualité que ce soit.

MARTON.

Pourquoi le luy promettez-vous ? Ah vraiment je l'avois oublié. Les mille pistolles qu'il vous envoya hier devoient bien m'en faire souvenir.

CIDALISE.

En verité, c'est l'homme le plus obligeant que je connoisse. Il fit cela de la meilleure grace du monde ; & sans luy, en verité, je ne sçais ce que je ferois, tout mon bien estant saisi, comme il est.

MARTON.

Enfin donc, Madame, la roture de Monsieur Basset, & la robe de Monsieur Durcet vous détermine en faveur d'Eraste.

CIDALISE.

Tay-toy, voici Monsieur Durcet.

SCENE V.

CIDALISE, Mr DURCET, MARTON.

CIDALISE.

EN verité, Monsieur Durcet, je vous ai des obligations infinies! vous faites paroître en tout ce qui me regarde une exactitude charmante.

Mr DURCET.

Vous voyez, Madame, que je n'ai seulement pas voulu quitter ma robe pour en estre plûtôt auprés de vous.

CIDALISE.

L'empressement des gens que l'on considere fait un extrême plaisir.

MARTON.

Monsieur ne seroit pas de ces gens, qui au retour d'un voyage vont descendre chez le Baigneur, pour ne pas dégoûter leur maistresse.

Mr DURCET.

Non, je vous en réponds, j'y viendrois tout botté.

CIDALISE.

Marton ne plaisantes point, il y a bien autant de passion à l'un qu'à l'autre.

MARTON.

Moy, Madame, je ne plaisante point.

CIDALISE.

Hé bien, Monsieur, comment va mon procés ?

Mr DURCET.

Ah! Madame, le Rapporteur se tiendroit fort heureux, si vous aviez autant d'ardeur pour luy qu'il en a pour tout ce qui vous touche.

CIDALISE.

Dites-moy, je vous prie, en quel état est mon procés ?

Mr DURCET.

Madame, rien ne m'embarasse sur votre affaire, & quand il y auroit plus de difficulté qu'il n'y en a, j'ai des amis qui voudront bien me servir en appuyant mes sentimens. Si votre Procureur avoit pris la peine de mettre au jour tous vos moyens, & qu'il eust eu autant d'affection pour vos interests, que j'en ay, il seroit fourni de bons memoires instructifs à un Avocat pour faire vos griefs d'appel; il auroit poursuivi vos Parties à fournir de réponses à griefs, & auroit mis votre procés en état pour estre jugé. En ce cas là, je n'eusse pas eu de peine à vous accorder tout ce qui auroit dépendu de mon ministere, & au delà, avec une rude condamnation de tous dépens, dommages & interests.

CIDALISE.

Quand tout cela sera fait, Monsieur, aurai-je gagné mon procés ? Car je ne comprends rien à ces choses.

Mr DURCET.

Tout ira bien, Madame, ne vous en mettez point en peine.

MARTON.

Hé, Monsieur, comment pouvez-vous dormir avec tout ce tintamare là dans la reste ?

Mr DURCET.

Ah ! Marton, si je n'avois autre chose qui m'empêchât de dormir ......

CIDALISE.

Achevez, Monsieur, que voulez-vous dire ?

Mr DURCET.

Il vient ici des gens les soirs, qui me réveillent de bon matin, Madame.

CIDALISE.

C'en est assez, je vous entens, & je veux bien calmer vos inquiétudes. Les assiduitez de Monsieur Basset vous chagrinent, croyez qu'elles me chagrinent autant que vous. C'est mon oncle qui l'oblige d'estre sans cesse icy pour nous épier : Je suis bien aise de vous en avertir, afin que vous évitiez de le rencontrer ; ces petits soins ne partent pas d'une ame tout-à-fait indifferente. Ah ! ne me croyez pas, je vous en dis trop, je ne vous aime point au moins ; mais je ne veux pas que vous croyiez que j'en aime quelqu'autre.

Mr DURCET.

Ah ! Madame, souffrez je vous prie ......

CIDALISE.

Ah. Monsieur, ç'en est assez. Aprés cela je ne puis plus vous regarder.

Mr DURCET.

Adieu, Madame, songez à moi quelquefois.

CIDALISE.

Adieu donc, allez-vous-en, ne me regardez pas.

SCENE VI.

CIDALISE, MARTON.

MARTON.

MOnsieur Durcet auroit grand besoin d'un bon verre de Limonade : mais n'apprehendez-vous point, Madame, qu'Eraste emporté, fou comme il est......

CIDALISE.

A propos d'Eraste, nous sommes mal ensemble.

MARTON.

Ah! vrayement je ne m'étonne donc plus que nous n'en ayons entendu parler d'aujourd'hui.

CIDALISE.

Il n'est point venu ici, dis-tu ?

MARTON.

Non, Madame.

CIDALISE.

Il n'y a point envoyé?

MARTON.

Personne n'est venu.

CIDALISE.

Cela ne se peut ; tandis que mon oncle nous parloit, peut-estre.....

MARTON.

Cela se peut fort bien, Madame, car j'ai descendu là bas tout exprés pour m'en informer.

CIDALISE.

Tu te trompes.

MARTON.

Je ne me trompe point.

CIDALISE.

Le Portier dormoit, sans doute.

MARTON.

Il ne dormoit point

CIDALISE.

Il y envoyera donc, attens icy. Voilà son portrait; cette bague est de luy; *prens ce miroir* encore; s'il vient luy-même remets luy tout cela entre les mains. Si Pasquin vient le premier qu'il le reporte à son maître, qu'il me rende mes lettres, & que sur tout il sçache que je ne le veux plus voir.

MARTON.

Et que ne me disiez-vous cela d'abord, je ne vous aurois pas tant questionnée pour sçavoir, qui des trois vous aimez davantage.

CIDALISE.

Fais ce que je te dis.

SCENE VII.

M. RTON *seule.*

S'IL *ne tient* qu'à dire à Eraste, qu'on ne veut plus le voir, la chose n'est pas difficile, ou si le maistre ne vient point, en instruire le valet, cela est fort aisé. A l'égard de ce qu'il faut remettre entre les mains de l'un ou de l'autre, il y a bien des choses à dire là-dessus. Pour la bague, Eraste me la donneroit sans doute. Pour ce miroir, je n'aurois qu'à le lui demander : Je serois bien ingrate de ne pas garder le portrait d'un homme qui me veut tant de bien.

SCENE VIII.

PASQUIN, MARTON.

PASQUIN.

BOn jour, Marton.

MARTON.

Bonjour.

PASQUIN.

Bonjour.

MARTON.

Hé bien bonjour, bonjour. N'as-tu que cela à me dire ? Te voilà bien effaré.

PASQUIN.

Oüi vraiment, je le suis, tu parle bien à ton aise. Vois-tu ? quand on est amoureux.....

MARTON.

Toi amoureux !

PASQUIN.

Moi amoureux ? Non, je me donne au diable, je ne veux point devenir fou comme mon maître, je veux dormir, boire & manger ; ces choses si utiles à la vie sont les choses dont on parle le moins chez nous. Au diantre soit l'amour. Tien, tien, voilà une lettre pour ta maistresse, je crois qu'elle n'en sera pas aussi contente que des autres.

MARTON.

Cidalise ne veut entendre parler ni d'Eraste, ni de ses lettres.

PASQUIN.

Tant mieux, je vais lui reporter celle-ci. N'as-tu rien à me dire autre chose ?

MARTON.

Tu lui diras que j'ay fait humainement pour lui tout ce que j'ay pû faire auprès de ma maîtresse, & qu'elle est si fort irritée, qu'il m'a esté impossible de l'adoucir.

PASQUIN.

Ah ! bien, bien, billes pareilles. Mon maistre est dans une rage contre elle à n'en revenir jamais. Il avouë qu'on le trompe, & l'avouë pour la premiere fois de sa vie ; l'avanture d'hier l'a dégagé absolument.

MARTON.

Mais d'où donc est venu tout ce desordre ?

PASQUIN.

Tu ne le sçais point ?

MARTON.

Non ma foy,

PASQUIN.

Je vais te l'expliquer. Peste l'affaire est délicate, & l'on romproit à moins.

MARTON.

Point tant de digressions, acheve je te prie.

PASQUIN.

Mon maistre étoit à la Foire hier avec ta maîtresse.

MARTON.

Hé bien ton maistre étoit à la Foire aprés ?

PASQUIN.

Il passa un jeune homme que Cidalise trouva fort bien fait. Aussi-tost Eraste regarde une jeune personne qu'il trouva fort aimable. Cidalise redoubla ses loüanges pour le Cavalier, Eraste exagera les siennes pour la jeune personne. Ta maîtresse recommençoit toûjours, mon maître ne finissoit point ; & la fin de la conversation fut, qu'ils se trouverent tous deux si laids, si laids, qu'ils se separerent avec des sermens de ne se revoir de leur vie.

MARTON.

Tu n'as plus rien à me dire ? adieu.

PASQUIN.

Demeure ici, j'entens Eraste, paye-le de son impatience, aussi-bien lui feras-tu mieux comprendre les choses.

SCENE IX.

PASQUIN, MARTON, ERASTE.

ERASTE.

As-tu parlé à Calise elle-même?

MARTON.

Monsieur.

ERASTE.

Hé bien, Marton.

PASQUIN.

Voici la lettre.

ERASTE.

Une réponse? Elle me fait beaucoup d'honneur, vrayment.

MARTON.

Monsieur, je suis chargée.....

ERASTE.

Attendez, Marton, je vous prie.

PASQUIN.

Monsieur, Marton n'a point voulu......

ERASTE.

Tais-toi.

MARTON.

Monsieur, je suis fâchée.....

ERASTE.

Un moment, s'il vous plaist. C'est ma lettre.

PASQUIN.

Oüi, Monsieur.

ERASTE.

Elle ne l'a point voulu recevoir?

MARTON.

Non, Monsieur.

ERASTE.

Pourquoi donc demeurer si long-temps?

PASQUIN.

J'instruisois Marton de votre démeslé.

MARTON.

Je le priois de vous dire qu'il n'auroit pas tenu à moi.....

ERASTE.

C'est assez, Marton, voilà qui va le mieux du monde. Pasquin, tu n'as point parlé à Cidalise? ah tu m'as déja dit que non, va-t'en.

Il parle à l'oreille à Pasquin.

PASQUIN.

Je suis ici dans un moment.

ERASTE.

Hé bien donc, Marton, on ne me veut plus voir.

MARTON.

Monsieur.....

ERASTE.

J'en suis ravi, je vous jure. Elle m'a prévenu, comme vous voyez: elle vous a entretenuë de son procedé avec moi?

MARTON.

Non, Monsieur, je vous assure. J'ay sçû qu'elle ne vouloit plus vous voir sans en apprendre la cause.

ERASTE.

Que je sois le dernier des hommes, que tous les malheurs imaginables m'arrivent, si je lui parle de ma vie, si je ne romps avec elle pour jamais, si je ne l'oublie, ou si je m'en souviens, que

que pour me vanger de ses perfidies. Où est-elle ?

MARTON.

Elle est dans sa chambre, Monsieur.

ERASTE.

Ah qu'elle y demeure ; je suis las d'essuyer ses caprices. Que fait-elle ?

MARTON.

Je croy qu'elle essaye un manteau.

ERASTE.

Elle peut faire tout ce qu'il lui plaira ; mais je n'en seray plus la victime, sur ma parole. Elle n'est point sortie depuis qu'elle est levée ?

MARTON.

Non, Monsieur.

ERASTE.

Qu'elle, qu'elle ne sorte point; qu'elle aille au bout du monde, j'y prends peu d'interests. Que vouloit ce laquais, qui sortoit quand je suis entré ?

MARTON.

Je n'ay veu de laquais icy que le vôtre.

ERASTE.

Ah mon enfant, je n'ay point de curiosité, je vous jure : je croiray, si vous voulez, que personne ne l'est venu voir d'aujourd'hui.

MARTON.

Non, je vous en répons.

ERASTE.

Hé que m'importe ! je ne veux rien apprendre de ce qui la regarde. Qu'elle soit tranquille comme je le suis, & comme elle l'est sans doute.

MARTON.

Je ne sçay point lire dans les cœurs.

ERASTE.

Qu'elle me méprise.

MARTON.

Cela seroit difficile.

ERASTE.

Qu'elle me haïsse.

MARTON.

Elle ne haït personne.

ERASTE.

Adieu, Marton, je vous demande en grace qu'elle ne sçache point que je suis venu ici.

MARTON.

Je feray ce que vous voudrez.

ERASTE.

Je vous en prie au moins.

MARTON.

Cela suffit:

ERASTE.

Vous vous en souviendrez.

MARTON.

Je vous en répons.

ERASTE.

Non, Marton, je vous prie, dites-lui que vous m'avez veu.

MARTON.

Je le veux bien.

ERASTE.

Peignez-moi à ses yeux aussi indifferent que je vous le parois.

MARTON.

Je n'y manqueray pas.

ERASTE.

Dites-lui bien tout ce que je vous ay dit.

MARTON.

Je le feray.

ERASTE.

Que je ne ſonge plus à elle.

MARTON.

C'eſt aſſez.

ERASTE.

Que je ne l'aime plus.

MARTON.

Je lui diray.

ERASTE.

Que je ne la veux plus voir.

MARTON.

Je n'oublieray rien.

ERASTE.

Adieu Marton.

MARTON.

Adieu Monſieur.

ERASTE.

Il faut qu'elle apprenne mes ſentimens de ma propre bouche.

MARTON.

Oh pour cela Monſieur, je ne puis.

ERASTE.

Comment donc ?

MARTON.

Elle m'a défendu expreſſément de vous laiſſer entrer.

ERASTE.

Je ne veux lui dire qu'un mot.

MARTON.

Il m'eſt impoſſible.

ERASTRE.

Ma pauvre Marton.

MARTON.

Non, Monſieur, je n'en feray rien.

SCENE X.

PASQUIN, MARTON, ERASTE.

PASQUIN.

MOnsieur,

ERASTE.

Attens un moment ma pauvre Marton. Fais-moi le plaisir au moins de lui dire que je suis ici.

MARTON.

Vous me ferez gronder.

ERASTE.

Oblige-moi, je t'en conjure.

MARTON.

Cela ne servira de rien.

ERASTE. *Il lui donne une bague.*

Tiens, Marton, va je te prie.

MARTON.

On ne peut vous rien refuser.

SCENE XI.

PASQUIN, ERASTE.

ERASTE.

M'As-tu apporté tout ce que je demandois.

PASQUIN.

Voilà premierement la clef de votre cassette. Les lettres que vous me demandiez n'y étoient point.

ERASTE.

Elles étoient dans mon écritoire.

PASQUIN.

Je les y ay trouvées aussi.

ERASTE.

Les as-tu enfin ?

PASQUIN.

Oüi, Monsieur.

ERASTE *à Pasquin.*

Donne donc. Hé bien, Marton? Attens.

SCENE XII.

PASQUIN, MARTON, ERASTE.

MARTON.

JE vous l'avois bien dit, Monsieur, que je serois querellée. Elle ne veut plus vous voir absolument : On m'appelle. Adieu, Monsieur, j'en suis au desespoir.

SCENE XIII.

PASQUIN, ERASTE.

ERASTE.

OU sont ces lettres ?

PASQUIN.

Les voici.

ERASTE.

Les tablettes ?

PASQUIN.

Les voilà.

ERASTE.

Le Portrait ?

PASQUIN.

Je le tiens.

ERASTE.

Le Cachet ?

PASQUIN.

Vous le voyez.

ERASTE.

Donne tout cela à Marton, qu'elle le rende à sa Maistresse.

SCENE XIV.

PASQUIN.

JE vais le lui donner tout à l'heure. Oüi da. Oh quel sot ma foi. Donnant, donnant, autrement point d'affaire. J'ay bonne memoire ; il nous revient un miroir, un portrait, aussi une bague. Si l'on rend, nous rendrons ; & si l'on garde, nous garderons.

SCENE XV.

PASQUIN, MARTON.

MARTON.

TOn Maistre est sorti ?

PASQUIN.

Oüi, pourquoi ? Veut-on parler d'accommodement ? Faut-il ménager quelque entre-veuë ? Parle, je suis Plenipotentiaire absolu. Tu n'as qu'à dire.

MARTON.

Tu ne dis que des sottises, tais-toi. J'ai oublié de lui demander les lettres de ma Maistresse.

PASQUIN.

Je suis icy resté pour te redemander celles de mon Maistre.

MARTON.

Je croy que j'ay les siennes ici.

PASQUIN.

Je pense avoir celles de ta Maistresse aussi.

MARTON.

N'as-tu plus rien à me dire ?

PASQUIN.

N'as-tu plus rien à me faire sçavoir ?

MARTON.

J'ay, ce me semble, encore quelque chose à te donner.

PASQUIN.

J'ay, si je ne me trompe, quelque chose encore à te rendre.

MARTON.

Non, je m'abuse ; mais rends-moy ce que tu veus dire.

PASQUIN.

Non, je révois, Marton, je n'ay plus rien à te donner.

MARTON.

Que parles-tu là d'un Cachet ?

PASQUIN.

Que murmures-tu d'une bague ?

MARTON.

Ah vraymcnt je m'en ressouviens. Tien, tien, Pasquin, voicy....

PASQUIN.

Ah ! je m'en ressouviens aussi. Tien, tien, Marton, voilà. . . . .

MARTON.

Elle rend un porte-lettre.

On m'a chargé de remettre cecy entre tes mains.

PASQUIN.

Il rend un bracelet de cheveux.

J'ay ordre de remettre cecy entre les tiennes.

MARTON.

Ce n'est point là le Cachet.

PASQUIN.

Ce n'est point là la Bague.

MARTON.

Peste soit du fripon.

PASQOIN.

Friponne toy-même, que veux-tu dire ? rends-moi le bracelet, je te rendray le porte-lettre.

MARTON.

Je diray tout cela à ton Maistre.

PASQUIN.

Et moy je le diray à ta Maistresse. Tien, vois-tu ! sans tant barguigner, rends-moy la bague, & voilà le cachet.

MARTON.

La bague vaut mieux.

PASQUIN.

Tien voilà encore les tablettes par-dessus, j'y perds par ma foy.

MARTON.

Donne.

PASQUIN.

Au voleur.

MARTON.

Prends donc, maraut, te tairas-tu, donnes-moy le portrait de ma maiſtreſſe, je te rendray celuy de ton maiſtre.

PASQUIN.

Et le miroir.

MARTON.

Le voilà.

PASQUIN.

Tien, mais je ne veux plus de commerce entre nous, j'aime les gens de bonne foy.

MARTON.

Point de chagrin

PASQUIN.

Va, va, je ſuis bon Prince.

MARTON.

Sois diſcret au moins.

PASQUIN.

Ne babille pas ſeulement.

MARTON.

Bouche cloſe.

PASQUIN.

Chut.

Fin du premier Acte.

ACTE II.

SCENE PREMIERE.

CIDALISE, MARTON.

MARTON.

VOus avez mis Eraſte au deſeſpoir.

CIDALISE.

Ce n'eſt point cela à preſent dont il eſt queſtion. Que fait mon oncle ? que dit-il ?

MARTON.

Votre oncle eſt parti pour aller trouver votre pere.

CIDALISE.

Pour aller trouver mon pere ?

MARTON.

Rien n'eſt plus aſſuré.

CIDALISE.

Qui te l'a dit ?

MARTON.

Perſonne ; mais il eſt ſorti à ſix chevaux, il a pris ſa petite calcche, où voudriez-vous qu'il allaſt ?

CIDALISE.

Il y a bien de l'apparence à ce que tu dis. J'ay peur de quelque extravagance ; c'est un homme dont je crains tout.

MARTON.

On appelle cela justement avoir peur de son ombre. Que vous peut-il faire ?

CIDADISE.

Il étoit ce matin dans une furieuse colere ?

MARTON.

Il étoit il y a huit jours dans une rage effroyable.

CIDALISE.

Quand donc ? je ne m'en souviens point.

MARTON.

Vous avez bien-tost perdu la memoire. Quoy ! vous avez oublié cette charmante nuit, où tous les élemens se déchaînerent pour nous faire enrager cette nuit, où le vent, l'eau & le vin nous causerent tant de desordre : point de flambeaux, plus de laquais, le cocher yvre mort, ses chevaux & nous au milieu d'un bourbier.

CIDALISE.

Ce jour que nous revînmes à huit heures au matin.

MARTON.

Celuy-là même. Ne vous souvient-il point non plus que Monsieur votre oncle nous attendoit dans la cour, qu'il se promenoit en long, en large ; qu'il prenoit le Ciel à témoin, qu'il tempestoit, qu'il menaçoit ? Oh ! pour moy il y a long-temps que je ne crois point aux Sorciers ; mais je ne croiray bien-tost plus à l'apoplexie. Deux doigts de col ! n'en pas crever ! un homme maigre en seroit mort.

CIDALISE.

CIDALISE.

Oh! pour ce jour-là je t'avoue que j'en eus pitié.

MARTON.

Madame votre tante ne vous fist-elle point de pitié aussi, qui le contrefaisoit en tout, & l'adoucissoit d'une maniere à l'irriter mille fois davantage.

CIDALISE.

Je crois qu'elle s'évanoüit aussi?

MARTON.

Elle en fit semblant du moins, mais je lui jettai une aiguierée d'eau par le nez, qui lui fist bien-tôt changer de résolution, mort de ma vie, je n'aime point les hypocrites; elle n'estoit fâchée que de n'avoir pas esté avec nous.

CIDALISE.

Il n'en faut point douter.

MARTON.

Oh ça donc, croyez-moi, ne vous allez point mettre de fariboles dans la teste, qui ne sont bonnes à rien. Que Monsieur votre oncle se fâche ou ne se fâche point, tout cela est la même chose à votre égard.

CIDALISE.

Tu as raison.

MARTON.

Voyons donc pour Eraste.

SCENE II.

CIDALISE, MATON, UN LAQUAIS.

UN LAQUAIS,

MOnsieur Basset, Madame.

CIDALISE.

Faites monter, la visite de cet homme m'embarasse : on n'aime point à voir les gens à qui l'on a de certaines obligations.

SCENE III.

CIDALISE, Mr BASSET, MARTON.

CIDALISE.

HE' bon jour, Monsieur Basset, j'ay bien des remerciemens à vous faire.

Mr BASSET.

Je suis ravi, Madame, d'avoir eu une occasion en ma vie de vous faire un petit plaisir.

CIDALISE.

Il est certain que peu de gens aiment aussi délicatement que vous : la plûpart ne vous disent que des sottises ; ils croyent avoir bien rencontré de vous dire qu'ils vous adorent, & qu'ils vont mourir pour vous, si vous ne les aimez. Que si vous leur faites cette grace, ils vous serviront toute leur vie, comme si l'on avoit bien affaire de leurs services, & dans les choses essentielles, ils demeurent tout court.

Mr BASSET.

Pour moi, Madame, je ne m'amuse point à la bagatelle. Vous me trouverez toûjours mon coffre fort ouvert.

CIDALISE.

Je ne crois pas, Monsieur, que je vous mette souvent à de pareilles épreuves, vous estes bien persuadé qu'aussi-tost que mes affaires seront terminées.....

Mr BASSET.

Ne parlons plus de cela, Madame, je vous prie ; ce sont des bagatelles, vous dis-je, qui ne meritent pas qu'on s'en souvienne.

CIDALISE.

Vous avez l'ame belle, Monsieur.

Mr BASSET.

Point du tout, Madame, cela ne me coûte rien, mes droits de presence me valent cela en une année.

CIDALISE.

En verité, Monsieur, je ne sçaurois assez vous témoigner......

Mr BASSET.

Si vous aviez autant d'envie de reconnoistre la tendresse que j'ay pour vous, qui meriteroit bien mieux d'estre recompensée.

CIDALISE.

Oh! Monsieur Basset, je vous prie laissez-moi

terminer mes affaires, je n'ay plus qu'une année à passer pour estre absolument maistresse de mes volontez, donnez-vous patience jusques-là, s'il vous plaist; alors je vous permets de vous plaindre si vous n'avez pas lieu d'estre content de moy.

Mr BASSET.

Vous me faites une belle promesse, Madame, vous me permettez de me plaindre.

CIDALISE.

Oh! Monsieur Basset, que vous donnez un mauvais sens aux choses qu'on vous dit.

Mr BASSET.

Hé bien, Madame, je prendrai patience, pourvû que vous ne voyez plus Monsieur Durcet.

CIDALISE.

Ah! vrayement j'oubliois bien de vous en parler; c'est un homme qui me desespere, il est ici presque tous les jours; j'ay découvert ce qui l'amene; mon oncle l'a prié d'observer ceux qui viennent ici, & dans la pensée que mon pere & lui ont de me faire épouser un Gentilhomme de leur Province: Ils veulent m'oster la liberté de voir qui que ce soit. Ils vous redoutent plus qu'un autre, c'est pourquoi je vous prie bien fort d'éviter autant que pourrez la presence de Monsieur Durcet.

Mr BASSET.

En verité, Madame, vous me rendez la vie.

SCENE IV.

MARTON, CIDALISE, Mr BASSET.

MARTON.

LUcille, votre jeune cousine, voudroit vous parler un moment.

CIDALISE.

Helas, la pauvre petite personne ! je serai bien aise de la voir. Adieu, Monsieur Basset, que rien ne vous inquiéte.

Mr BASSET.

Quand on aime comme je fais. . . . .

CIDALISE.

Adieu, Monsieur Basset.

SCENE V.

CIDALISE, LUCILLE, MARTON.

CIDALISE.

HE' bien ma chere enfant, il y avoit longtemps que je ne vous avois embrassée. Vous ne me dites mot

LUCILLE.

Ma cousine au moins je vous prie bien fort de

ne point dire à ma mere que je suis venuë ici.

CIDALISE.

Pourquoi donc cette précaution ? Est-ce qu'il y a du mal à me venir voir ?

LUCILLE.

Hé, mon Dieu, ne sçavez-vous pas son humeur ? elle ne me croit jamais bien qu'avec elle, & pour surcroist encore Cephise votre tante l'àcheve de gâter. Ma mere m'a envoyée chez elle, mais j'ay pris ce temps-là pour vous prier de me faire une grace.

CIDALISE.

J'apprends tous les jours des choses nouvelles de ma chere tante ; Marton, Cephise n'a pas manqué de parler de moi chez la mere de ma cousine dans ses termes ordinaires.

MARTON.

Sans mentir, voilà un méchant esprit.

LUCILLE.

Ne lui en témoignez rien, je vous prie.

CIDALISE.

N'ayez aucune peur : Mais que dit-elle de moi à votre mere ?

LUCILLE.

Oh ! ma cousine, je n'oserois vous le dire.

MARTON.

Allez, allez, ne craignez rien ; nous sommes accoûtumez à son langage, car je crois qu'elle ne m'épargne non plus que les autres.

LUCILLE.

Ah ! vrayement non, elle commence toûjours par vous.

MARTON.

Hé bien ?

LUCILLE.

Hé bien, elle dit que vous estes la plus méchante fille du monde, que c'est vous qui entraînez ma cousine dans le libertinage où elle vit : que c'est vous qui l'empêchez de se remarier, parce que tous ses Amans vous font des presens : que vous avez interest de faire durer ce manége autant de temps que vous le pourrez, puisqu'un mariage feroit bien-tôt cesser ce commerce. Que sçais-je, moi, je n'aurois jamais fait si je vous disois tout ce qu'elle dit.

MARTON.

Par ma foy, Madame, avec tout le respect que je vous dois, voilà une impudente carogne.

CIDALISE.

Ne vous contraignez point, Marton, je vous avoüe de tout. Et de moy, ma cousine, que dit-elle ?

LUCILLE.

Mais elle dit que vous ne la voulez point croire, que vous ne faites rien qu'à votre teste ; qu'elle s'est bannie de chez vous, parce que vous vous moquiez de ses corrections : que cependant elle avoit pour vous toutes sortes de complaisances ; que vous la traîniez dans tous les plaisirs qu'elle prenoit comme autant de mortifications.

MARTON.

La scelerate !

CIDALISE.

Après, ma cousine ?

LUCILLE.

Mais après, elle dit que vous donnerez la mort à son mari ; qu'il y a huit jours que vous ne revintes qu'à huit heures du matin, & que cela joint avec d'autres choses qu'elle ne dit point suffiront pour avoir des moyens de vous punir.

CIDALISE.

Oh ! je la mets au pis. Si l'on approfondissoit son cœur & le mien, malgré cette vertu dont elle fait tant de bruit, on y trouveroit de terribles differences : Mais, poursuivez, je vous prie.

LUCILLE.

Mais elle me fait sans cesse de grands sermons, qui durent deux heures, de ne jamais parler à pas un homme, que ce sont tous des trompeurs.

MARTON.

Hé, d'où diantre le sçait-elle, quelqu'un l'a-t'il jamais voulu tromper?

LUCILLE.

Ah ! vrayment vous n'auriez qu'à lui dire cela.

CIDALISE.

Ensuite, ma cousine ?

LUCILLE.

Mais ensuite, je m'en dors, & ma mere me donne un soufflet pour me réveiller.

CIDALISE.

Mais, ma chere cousine, je vous en prie, tâchez de vous ressouvenir de toutes les faussetez dont elle me noircist.

LUCILLE.

Oh ! Dame, ma cousine, je ne suis pas venuë icy pour cela, chacun songe à ses affaires, voyez-vous.

CIDALISE.

Hé ! mon enfant, quelles affaires avez-vous ?

LUCILLE.

J'aurai bien de la peine à vous le dire.

CIDALISE.

Je ne puis pas non plus le deviner.

LUCILLE.

Mais, ma cousine, vous n'en parlerez donc à personne au moins.

MARTON.

Voulez-vous que je m'en aille ?

LUCILLE.

Bien au contraire, puisque vous estes si habile, vous m'aiderez, s'il vous plaist.

CIDALISE.

Dites donc vîtes, car il pourroit venir quelqu'un.

LUCILLE.

Tenez, Marton sçait bien ce que c'est, car elle me regarde.

MARTON.

Je parie qu'elle aime quelqu'un.

LUCILLE.

Hé bien ouy, puisque vous voulez le sçavoir.

CIDALISE.

Hé bien, ma cousine, ce n'est pas un grand crime.

LUCILLE.

Ah ! vrayment si vous entendiez & ma mere & Cephise, il n'y a point assez de tourmens pour punir une fille qui aime.

CIDALISE.

Mais c'est selon, ma cousine ; il y a des amours criminels, dont je ne vous croy point capable.

LUCILLE.

Mais quel crime peut-il y avoir d'aimer bien tendrement, de souhaiter d'estre incessamment avec la personne qu'on aime, & d'estre au desespoir de ne le pouvoir pas.....

CIDALISE.

Est-ce un homme de qualité ?

LUCILLE.

Assurément. On l'appelle Monsieur le Comte; mais si vous le voyïez, ma cousine, vous l'aimeriez; il est petit, mais il a le meilleur air du monde, les yeux si beaux; il chante comme un Ange; il danse, qu'on ne peut pas mieux.

CIDALISE.

Vous lui avez donc parlé?

LUCILLE.

Fort souvent, ma cousine; il passoit le soir par-dessus la muraille du jardin d'un de ses amis; ce jardin donnoit dans le nôtre; une Damoiselle de ma mere qu'on a chassée pour cela; le faisoit monter dans sa chambre, & nous causions tous trois toute la nuit.

MARTON.

Ces pauvres enfans!

LUCILLE.

Oh! Marton, vous ne sçavez pas tout; il a esté une fois trois jours au logis à ne vivre que de confitures.

MARTON.

Et il n'en est point mort?

LUCILLE.

J'en serois bien fâchée.

CIDALISE.

Mais enfin de quoi s'agit-il?

LUCILLE.

Il va venir ici, ma cousine, si vous le trouvez bon. Comme nous ne pouvons plus nous voir chez nous, j'ai crû que vous voudriez bien me faire le plaisir de souffrir qu'il vint ici quelquesfois. Je demanderai congé pour aller voir Cephise; je n'y demeurerai qu'un moment, & je viendrai passer quelques heures avec vous & avec lui.

MARTON.

La pauvre petite innocente !

CIDALISE.

Tres-volontiers, ma cousine, & même je vous répons, si c'est un parti qui vous convienne, d'en faire parler à votre mere par des gens qu'elle aura peine à refuser.

LUCILLE.

Helas ! ma cousine, que je vous aurai d'obligation.

SCENE VI.

CIDALISE, PASQUIN, MARTON, LUCILLE.

CIDALISE.

HE' bon Dieu ! Pasquin, que veut dire ceci ? que signifie cet équipage ?

PASQUIN.

Il ne signifie rien de bon.

MARTON.

Expliques-toi.

PASQUIN.

Helas ! j'ai le cœur si serré.

CIDALISE.

Hé, de quoi ?

PASQUIN.

Ah, Madamé.

MARTON.

Hé bien, parleras-tu ?

PASQUIN.

Adieu parens, amis, patrie. Adieu Paris, adieu S. Cloud, Boulogne & Vincennes. Peut-on quitter de si braves gens sans étouffer de douleur.

CIDALISE.

Et pourquoi les quitter ?

PASQUIN.

Pour ne vous plus voir, Madame, nous allons chercher mon Maistre & moi un païs où l'on ne trompe point.

MARTON

Et où le trouveras-tu ce païs ?

PASQUIN.

Partout où il n'y aura point de femmes.

MARTON.

Mais tu trouveras des femmes par tout.

PASQUIN.

Elles ne seront peut-estre pas comme ici.

MARTON.

Elles seront par tout de même.

CIDALISE.

Oh finis, je t'en prie. Que demandes-tu ? que veux-tu ?

PASQUIN.

Mon Maistre m'a chargé, Madame, de venir vous faire ses adieux,

CIDALISE.

Où va-t-il ?

PASQUIN.

Il ne me l'a point dit, Madame.

CIDALISE.

Mais qui le fait partir si promptement ?

PASQUIN.

Le desespoir où vous l'avez mis ce matin ; franchement, Madame, vous en avez usé un peu cavalierement

valierement avec nous. Enfin, rebuté de vos mépris, il s'est jetté dans son carosse, à ce qu'on m'a dit ; car si j'y avois esté, je l'eusse bien empêché d'en rompre les glaces, soit dit par parenthese, il est entré chez lui, il a donné mille coups de baston à tous ses gens.

MARTON.

Y estois-tu pour lors Pasquin ?

PASQUIN

Non, Marton, heureusement. Quand je suis arrivé l'expédition estoit faite. Il est ensuite monté dans sa chambre, j'y estois pour lors. Ah ! que je suis miserable, a-t-il dit, de m'attacher à la plus franche Coquette de Paris. Je ne redis pas fidellement les paroles, mais c'est le sens toûjours. Allons, allons, a-t-il poursuivi, méprisons ceux qui nous méprisent, c'est trop long-temps passer pour une dupe. Je ne vous dit point qu'il assaisonnoit chaque parole de coups de pied contre les fauteüils, d'égratigneures au visage, cela s'en va sans dire : Enfin, Madame, lassé de faire le possedé, il est demeuré immobile, la nature a cedé à des efforts si violens, il s'est traîné contre son lit, ses genoux se sont dérobez sous lui, sa teste est tombée sur ses bras.

MARTON.

Il s'est évanoüy ?

PASQUIN.

Non, Marton.

CIDALISE.

Est-il mort ?

PASQUIN.

Non, Madame, il s'est endormy.

MARTON.

Peste soit du maraut.

PASQUIN.

Après trois bonnes heures, il s'est réveillé en sursaut. Mon cher Pasquin, m'a-t-il dit; allons, partons, courons au bout du monde. Que le même Soleil n'éclaire plus deux personnes que leurs inclinations ont si fort separez. Elle ne joüira plus de mes peines. Si je suis assez lâche pour en soûpirer, elle n'en triomphera pas du moins, l'ingrate, la perfide, & cent autres belles épithetes qui convenoient parfaitement au sujet.

CIDALISE.

Acheve, je t'en prie.

PASQUIN.

Enfin, Madame, comme je me préparois à remplir sa valise, il m'a rappellé d'un ton à fendre le cœur le plus dur. Je veux lui écrire, a-t-il repris, avant que de la quitter. Pasquin, apporte-moy mon écritoire, vous ne pleurez point, Madame; apporte-moy de la bougie, tu ne pleure point vilaine.

CIDALISE.

Finiras-tu?

PASQUIN.

Tout est fini, Madame, il a écrit une lettre, qu'il m'a dit de vous apporter.

MARTON.

Pourquoi ces bottes?

PASQUIN.

Pour rendre la chose plus touchante.

CIDALISE *lit la lettre d'Eraste.*

Puisque vous aimer & vous estimer sont deux choses incompatibles, je renonce à vous pour jamais; je part pour aller en Flandre, & je fuiray desormais tous les lieux où vous serez; je ne demeurerois ici que pour vous; un peu de merite, &

toute la passion imaginable, n'ont pû vous rendre fidele, rien ne me retient plus ; je ne vous parle point de l'état où vous m'avez mis, si vous étiez sensible, vous ne pourriez le concevoir sans mourir de douleur ; mais la dureté de votre cœur y a mis bon ordre, & celle qui a fait tout le malheur de ma vie pourroit apprendre ma mort sans répandre une larme.

PASQUIN.

Peut-on écrire plus tendrement ? puisque vous estimer & partir pour la Flandre sont deux choses incompatibles, je suivray desormais toute la passion imaginable pour vous aimer : Je ne demeurois icy que pour la dureté de votre cœur, & je pourrois apprendre votre mort sans répandre une larme.

CIDALISE.

Tais-toy donc, Pasquin.

PASQUIN.

Rien ne me retient plus...... Quoy vous riez encore ?

MARTON.

Le moyen de s'en empêcher ?

PASQUIN.

Allez, cela n'est pas bien du tout, vous devriez mourir de honte ; le Ciel vous punira toutes deux.

CIDALISE.

Mais que veux-tu ?

PASQUIN.

Non, Madame, encore une fois, cela n'est pas bien, je vais tout à l'heure dire à mon Maître la maniere dont on reçoit ses adieux. Il est au coin de la ruë, le pauvre homme ! tout vis-à-vis un Fourbisseur ; adieu, adieu, nous allons en Flandre.

MARTON.

Quoy Pasquin.

PASQUIN.

Laisse-moy-là tigresse, le Ciel vous a fait toutes deux pour faire damner le genre humain.

SCENE VII.

CIDALISE, MARTON, LUCILLE.

MARTON.

PEste soit du fol.

CIDALISE.

Je crains bien qu'Eraste ne soit pas content de la réponse, & qu'il ne vienne icy nous chagriner.

MARTON.

Je le crains bien aussi.

LUCILLE.

Ma cousine, cet homme-là est donc à votre Amant?

CIDALISE.

Ouy, ma cousine.

LUCILLE.

Vrayment je l'aime bien d'être si affectionné pour son Maître : Mais il me semble que vous ne prenez pas grand peine à l'appaiser.

MARTON.

Oh ! c'est une methode qui passe les jeunes filles comme vous,

LUCILLE.

Je ne veux point l'apprendre. Monsieur le Comte n'aimeroit pas cela.

MARTON.

En enrageant il vous en aimeroit davantage.

SCENE VIII.

CIDALISE, LUCILLE, MARTON, UN LAQUAIS.

LE LAQUAIS.

UN jeune Monsieur que je n'ay jamais vû ici, demande s'il ne vous incommodera point, Madame ?

LUCILLE.

Ma cousine, c'est Monsieur le Comte.

CIDALISE.

Faites monter.

MARTON.

Que vous allez être bien aise.

LUCILLE.

Assurément.

CIDALISE.

Mais, ma cousine, il faut un peu se contenir ; il est bon quelquesfois de ne pas laisser voir tant d'empressement.

LUCILLE.

Oh ! ma cousine, je ne suis pas si sçavante que vous.

SCENE IX.

CIDALISE, LUCILLE, LE COMTE MARTON.

LUCILLE.

HE', vous voilà, Monsieur le Comte. Il y a plus d'une heure que je suis icy.

LE COMTE.

Le dessein que j'ay, Madame, vous fera excuser la liberté que je prens.

LUCILLE.

J'ay dit toue cela à ma cousine, on vous excuse, parlez-moy donc?

CIDALISE.

Voilà le petit homme, Marton, que je vis à la Foire, qui m'a broüillée avec Eraste.

LUCILLE.

Vous ne répondez rien?

LE COMTE.

Madame, encore une fois, je vous prie de m'imputer qu'à ma tendresse.

CIDALISE.

Dans la pensée que vous avez, Monsieur, ne doutez point que je ne sois la premiere à favoriser vos desseins. Qu'il est bien fait?

MARTON.

Il est trop petit.

LE COMTE.

Pour vous, Mademoiselle, vous voulez bien à present que je vous témoigne.....

LUCILLE.

Laissez-moy-là.

LE COMTE.

Que voulez-vous dire?

LUCILLE.

Laissez-moy.

CIDALISE.

Hé! fy ma cousine, que vous faites l'enfant?

MARTON.

Ah! vrayment voicy bien une autre chanson, j'entends nos foux qui reviennent.

SCENE X.

CIDALISE, ERASTE, MARTON, PASQUIN, LE COMTE, LUCILLE.

LE COMTE.

QUi donc, Madame?

CIDALISE.

Ce n'est rien.

ERASTE.

Enfin donc, Madame, vous voulez me voir mourir, vous n'avez point de pitié d'un homme qui vous a si tendrement aimée; il faut vous contenter, Madame, il faut cesser de vivre, il faut vous quitter.

CIDALISE.

Vous n'êtes pas sage, Eraste, vous ne songez pas qu'il y a des gens icy.

ERASTE.

Hé! Madame, toute la terre sçait que je vous aime depuis si long-temps, que je n'ay jamais laissé passer un moment sans le penser, sans vous l'écrire, ou sans vous le dire; & toute la terre sçait que vous ne m'avez jamais aimé, que vous ne l'avez jamais pensé, que vous mentiez quand vous me l'avez écrit, & que vous m'avez toûjours trompé.

CIDALISE.

Je vous prie de vous taire, encore une fois, c'est un extravagant, Monsieur, il ne faut pas prendre garde.....

ERASTE.

Ah! je suis donc un extravagant? j'en suis bien aise; mais que vois-je? ah volage? n'est-ce pas perfide..... je ne me trompe point, ame sans foy! c'est luy-même, vous avez bien-tôt fait connoissance. Hier à la Foire, aujourd'huy dans votre chambre, c'est faire bien du chemin en peu de temps, & cela demeureroit impuni? non. Que tous les foudres du Ciel me tombent sur la tête.

CIDALISE.

Mais écoutez.

ERASTE.

Laissez-moy-là.

MARTON.

Ce n'est point.

ERASTE.

Oste-toy malheureuse.

CIDALISE.

Vous ne voulez pas.....

ERASTE.

Je ne veux rien pour vous, mon petit Monſieur, nous nous verrons ailleurs.

LE COMTE.

Prenez garde à ce que vous dites, Monſieur.

LUCILLE.

Monſieur le Comte paſſez là-dedans, s'il vous plaiſt.

LE COMTE.

Je ne veux point.

MARTON. *Le Comte ſort.*

Oh! paſſez donc, puiſqu'on vous le dit; oh, ça Monſieur, preſentement voulez-vous qu'on vous diſe....

ERASTE.

Ne te preſente jamais devant mes yeux.

CIDALISE.

Quoy! voſtre opiniaſtreté....

ERASTE.

Retirez-vous, vous dis-je, je ne veux plus vous voir, je vous mépriſe, je vous abhorre, je vous déteſte, je maudis tous les momens de ma vie que j'ay perdu pour vous. Puiſſe le Ciel un jour vous punir comme vous le meritez! la mort la plus affreuſe n'aura rien d'horrible pour moy, puiſqu'elle me ſeparera de vous.

CIDALISE.

Marton, laiſſe-le là ſuivez-moy?

SCENE XI.

ERASTE, PASQUIN.

ERASTE.

ALlons, Pasquin, partons!

PASQUIN.

Allons, Monsieur.

ERASTE.

Quittons cet Enfer?

PASQUIN.

Quittons ces diables?

ERASTE.

Non, cela ne se peut concevoir.

PASQUIN.

Cela ne se peut imaginer!

ERASTE.

Tant de soins!

PASQUIN.

Cela est vray.

ERASTE.

Tant de soupirs!

PASQUIN.

Vous avez raison.

ERASTE.

Me traiter ainsi.

PASQUIN.

Cela est horrible.

ERASTE.

Allons, abandonnons tous les lieux où elle ſera, ils ne me peuvent eſtre que funeſtes.

PASQUIN.

Allons, Monſieur, pour moy je vous ſerai toûjours fidelle.

SCENE XII.

MARTON, ERASTE, PASQUIN.

MARTON.

EN verité, Monſieur, vous devriez un peu ſonger où vous eſtes, on n'en uſe point ainſi chez une femme de qualité, allez ailleurs, ſi vous voulez faire un bruit de la ſorte.

ERASTE.

Va malheureuſe, je veux bien t'obéïr, puiſqu'il ne faut que te quitter.

MARTON. *Il ſort.*

En voilà déja un de parti.

PASQUIN.

O temps ! ô mœurs ! ô déloyauté ſans exemple ! non, j'aimerois mieux eſtre en galere toute ma vie, j'aimerois mieux ne point boire de vin ſi ſouvent, j'aimerois mieux......... que diantre ſçais-je ?

MARTON.

Oh ça, Paſquin, veux-tu bien te taire ?

PASQUIN.

Non, non, je ne veux pas me taire, je ne veux pas me taire, te dis-je.

MARTON.

Nous allons voir?

PASQUIN.

Je veux parler, moy, il ne sera pas dit que je vois un pauvre homme trompé, & que je demeure comme une souche; c'est une chose qui crie vengeance au Ciel, & nos nepveux un jour........ Foin des nepveux, non non, je disois fort bien nos nepveux ne pourront croire.

MARTON. *Elle luy donne un soufflet.*

Tiens va porter cela à tes nepveux.

Fin du second Acte.

ACTE III.

ACTE III.

SCENE PREMIERE.

PASQUIN, MARTON.

PASQUIN.

AH ! malheureuse.

MARTON.

Qu'y a-t'il, tu es éternellement comme un possedé.

PASQUIN

Tu m'as vrayment bien accommodé.

MARTON.

Pourquoy faisois tu tant de bruit ?

PASQUIN.

Quel bruit ?

MARTON.

Je suis fâchée ....

PASQUIN.

Dequoy ?

MARTON.

D'avoir esté obligée de te battre, pour te faire taire.

PASQUIN.

Ah ! ce n'est point cela dont il est question, les malheurs que l'on craint, font perdre le souvenir de ceux qui sont passez.

MARTON.

Parle plus intelligiblement.

PASQUIN.

Hé bien, Marton, je te pardonne les vieux soufflets, si tu peux m'empêcher d'en avoir de tous neufs. Cela est il clair ?

MARTON.

Pourquoy des soufflets ?

PASQUIN.

Mon Maistre plus fou, plus enragé, & pourtant plus amoureux que jamais, m'envoye icy pour redemander son portrait, cette bague, enfin toutes ces choses que tu as eu tant de peine à me rendre ce matin.

MARTON.

Hé bien, que feras-tu ?

PASQUIN.

Je ne sçay.

MARTON.

Comment donc tu ne sçais ?

PASQUIN.

Non ma foy, mon ame est suspenduë entre le desir de garder les bijoux, & la crainte d'avoir des coups de bâton.

MARTON.

Poltron ! tu peux balancer là-dessus.

PASQUIN.

Ouy vrayement.

MARTON.

Des coups de bâton d'un costé, des bijoux de l'autre. Et l'on ne prend pas d'abord son parti ?

PASQUIN.

Mais, Marton, tu ne comprens pas bien la chose ?

MARTON.

Miserable!

PASQUIN.

Ce n'est pas comme cela, te dis-je ?

MARTON.

Va tu ne merite pas de vivre.

PASQUIN.

Que tu es étrange ! Mais, Marton, écoute donc mon enfant, on ne me donne point à choisir ; pour avoir les bijoux, il faut recevoir les coups de bâton.

MARTON.

Hé bien, quand cela seroit ?

PASQUIN.

Mais il ne faut point dire quand cela seroit ? car cela sera.

MARTON.

Si j'étois à ta place.

PASQUIN.

Hé bien ?

MARTON.

Je recevrois vingt nazardes.

PASQUIN.

La peste !

MARTON.

Autant de soufflets.

PASQUIN.

Tu Dieu !

MARTON.

Cent coups de pieds au cul.

PASQUIN.

Comme vous y allez.

MARTON.

Mille coups d'étrivieres.

PASQUIN.

Vous n'y songez pas.

MARTON.

Cent mille coups de bâton, plûtôt que de rendre la moindre bagatelle.

PASQUIN.

La belle ame !

MARTON.

Tien vois-tu? quand j'ai une fois resolu une chose, je me ferois hacher, plûtôt que d'en démordre.

PASQUIN.

Vingt nazardes, autant de soufflets, cent coups de pied au cul, mille coups d'étrivieres, cent mille coups de bâton : voilà des bijoux qui marchent en bien mauvaise compagnie ; mais dis moi, ne sçauroit-on trouver quelque accommodement à la chose? gardons les bijoux, je veux bien y consentir, à ton exemple : mais détournons ces orages de maux dont les noms seuls me font trembler.

MARTON.

Cela ne se peut.

PASQUIN.

Comment donc cela ne se peut?

MARTON.

Non, te dis-je.

PASQUIN.

Je rendrai les bijoux.

MARTON.

Tu n'en auras pas moins des coups de bâton.

PASQUIN.

Et pourquoy?

MARTON.

Pour avoir eu intention de garder les bijoux.

PASQUIN.

On ne punit pas les intentions, Marton.

MARTON.

Cela ne devroit pas estre, Pasquin, mais cela sera.

PASQUIN.

De sorte donç, que je garde les bijoux, que je ne les garde point, j'aurai toûjours des coups de bâton.

MARTON.

Indubitablement.

PASQUIN.

Il faut tout garder, battu pour battu, j'aime mieux l'estre avec les bijoux.

MARTON.

Te voilà dans le bon chemin. Sorts vîte, j'entens Madame. Ce marant-là n'a pas le sens commun.

SCENE II.

MARTON, CIDALISE.

CIDALISE.

AH! ma pauvre Marton, que je suis inquiéte!

MARTON.

Je ne vois rien encore qui vous doive allarmer.

CIDALISE.

Mon oncle arrive de chez mon pere.

MARTON.

Que fait cela ?

CIDALISE.

Il n'aura pas manqué de se plaindre de moy.

MARTON.

Qu'en arrivera-t-il ?

CIDALISE.

Mon pere m'ordonnera de l'aller trouver.

MARTON.

Hé bien nous irons.

CIDALISE.

Et nous y demeurerons, Marton.

MARTON.

Ah ! voilà le diable.

CIDALISE.

Nous avons poussé mon oncle un peu trop fort.

MARTON.

Il ne faut jamais songer au passé, ce qui est fait est fait. Pour moy je ne m'en repens point ; si je pouvois avant que de partir laver un peu la tête à Madame votre tante, j'en serois plus legere de moitié ; par ma foy si j'estois à votre place, je sçay bien ce que je ferois.

CIDALISE.

Que ferois-tu ?

MARTON.

J'épouserois Eraste dès aujourd'hui.

CIDALISE.

Je ne le puis sans le consentement de mon pere.

MARTON.

Vous moquez-vous ? N'estes-vous pas veuve ?

CIDALISE.

Cela ne suffit pas, il faut avoir vin gt cinq ans.

MARTON.

Je dirois que j'en ai soixante.

CIDALISE.

Le mariage ne seroit pas bon.

MARTON.

Au bout de l'année vous vous remaririez encore.

CIDALISE.

Mon pere me desheriteroit.

MARTON.

La méchante masque, que Madame votre tante, il en faut bien revenir là.

CIDALISE.

Je t'avouë que si je pouvois me venger d'elle avant que de partir, je ne serois point si fâchée.

MARTON.

Comment faudroit-il faire?

CIDALISE.

Mais bien plûtôt si nous songions à l'adoucir.

MARTON.

Hé! comment?

CIDALISE.

Il faudroit qu'Eraste l'aimât.

MARTON.

Ou qu'il le feignît, voulez-vous dire.

CIDALISE.

Qu'il le feignît, ou qu'il l'aimât, tout me seroit égal.

MARTON.

Vous ne l'aimez donc plus luy?

CIDALISE.

Je ne sçai.

MARTON.

Aimeriez-vous déja ce petit Comte?

CIDALISE.

Je ne sçai, te dis-je, laissons cela, songeons au plus pressé.

MARTON.

Hé bien il faudroit, dites-vous, qu'Eraste feignît de l'amour pour votre tante; car pour l'aimer, cela n'est pas permis. Après.

CIDALISE.

Tâcher adroitement de me mettre de la confidence.

MARTON.

Ensuite.

CIDALISE.

Ensuite elle auroit interest de me ménager, & nous n'irions point dans ce vilain Château de mon pere.

MARTON.

Je vais trouver Eraste.

CIDALISE.

Mais comment feras-tu? nous sommes horriblement mal ensemble.

MARTON.

Bon, bon, vous avez raison, avec deux mots de votre part, je le rendrai plus souple qu'un gand, & ce seroit une étrange chose, si nous ne nous servions pas de l'unique fois où vous avez eu raison avec luy.

CIDALISE.

Fais tout comme tu l'entendras.

MARTON.

Je suis ici dans un moment.

SCENE III.

CIDALISE, MARTON, UN LAQUAIS.

LE LAQUAIS.

MAdame, votre tante demande à vous parler.

CIDALISE.

Elle vient fort à propos, je vais tâcher de disposer les choses, dépêche-toy.

MARTON.

Je vous ameine Eraste tout-à-l'heure.

SCENE IV.

CEPHISE, CIDALISE.

CEPHISE.

ENfin, ma niéce, il faut nous separer, vous partirez demain, s'il vous plaist, pour aller trouver votre pere; j'ay bien voulu me charger du soin de vous l'apprendre, de crainte que mon mary ne vous le dît avec plus d'aigreur.

CIDALISE.

Je reçois tous les jours de ma vie, Madame, de

nouvelles marques de vos bontez : mais, Madame, voudriez-vous bien joindre une grace à toutes les obligations que je vous ay ?

CEPHISE.

Si c'est quelque chose qui dépende de moy, ma niéce.

CIDALISE.

La chose vous sera facile, Madame.

CEPHISE.

Ne me priez point sur-tout, de parler à mon mary pour vous.

CIDALISE.

Non, Madame.

CEPHISE.

Cela seroit inutile.

CIDALISE.

J'en suis persuadée, Madame.

CEPHISE.

Il ne veut point souffrir que vous soyez davantage chez luy.

CIDALISE.

Je ne veux point y demeurer malgré luy, ny malgré vous, Madame.

CEPHISE.

Que voulez-vous donc que je fasse ?

CIDALISE.

Permettre que je puisse parler à mon oncle avant que de le quitter.

CEPHISE.

Non, ma niéce, je ne vous le conseille pas, il est dans un trop grand emportement contre vous.

CIDALISE.

Mais au moins ne puis-je sçavoir les crimes dont on m'accuse ?

CEPHISE.

Hé, mon Dieu, ma niéce, rendez-vous un peu de justice. Pour moy, je vous crois la plus innocente personne du monde ; mais en verité les apparences sont terriblement contre vous.

CIDALISE.

Il est aisé d'empoisonner les choses les plus innocentes : Mais cependant.....

CEPHISE.

Mais, ma niéce, je vous prie de me dire quel bon tour vous voulez que nous donnions au refus que vous faites d'un Gentilhomme que votre pere, & mon mary souhaitent que vous épousiez ? quelles bonnes couleurs trouverez vous aux fréquentes visites d'Eraste, que votre oncle vous a défendu de voir, & à mille autres choses que j'aurois honte de repeter ?

CIDALISE.

Pour le Gentilhomme dont vous me parlez, je n'ay point d'autre raison à vous donner que le peu d'inclination que j'ay pour luy ; mais pour Eraste, Madame, mon oncle seroit bien plus en colere qu'il n'est contre luy, s'il sçavoit la veritable cause de ses visites.

CEPHISE.

Je croy qu'il n'en a d'autre, que la passion qu'il a pour vous.

CIDALISE.

Pour moy, Madame.

CEPHISE.

Oüy, pour vous.

CIDALISE.

Vous vous trompez, Madame.

CEPHISE.

Je vous avoûray franchement que je ne conçois pas bien l'aversion de mon mary pour Eraste; car en verité, je le trouve assez sage.

CIDALISE.

Vous changeriez bien-tost de sentimens, Madame, si vous sçaviez, comme moy, jusqu'où va sa temerité.

CEPHISE.

Il me semble pourtant que l'on en dit assez de bien.

CIDALISE.

Vous n'en penseriez pas, vous dis-je, si vous penetriez ce qui se pense dans son cœur.

CEPHISE.

Expliquez-vous, ma niéce.

CIDALISE.

Eh de quel front, Madame, pourrois-je vous dire? ... Ah! je frémis seulement d'y penser.

CEPHISE.

Poursuivez, je vous prie.

CIDALISE.

Quoy! j'oserois vous faire entendre qu'il sent pour vous.....

CEPHISE.

Continuez de grace.

CIDALISE.

Je ne puis.

CEPHISE.

Il sent pour moy? ..... Achevez.

CIDALISE.

La passion la plus violente, il se meurt pour vous, il ne venoit icy que pour vous y trouver.

CEPHISE.

Je ne me suis point apperçûë de ce que vous me dites.

CIDALISE

CIDALISE.

Le respect luy fait étouffer ses soûpirs, il mourra dit-il, mille fois, plûtost que de découvrir sa tendresse.

CEPHISE.

Vous voyez qu'il est bien plus sage, que vous ne me disiez.

CIDALISE.

Appellez-vous sagesse, Madame, d'oser aimer une personne comme vous ? avant que de partir, je prétens en avertir mon oncle.

CEPHISE.

Ah ! ma niéce, gardez-vous en bien, je sçay à present ce que je dois faire.

SCENE V.

CEPHISE, CIDALISE, MARTON.

MARTON.

ERaste, Madame, le fera-t-on entrer ?

CIDALISE.

Voyez, Madame, que voulez-vous qu'on !

CEPHISE.

Mais, ma niéce, je croy qu'il seroit à propos....

CIDALISE.

De le renvoyer, je vous entens : Marton, qu'il n'y a personne icy, allez.

CEPHISE.

Attendez, Marton, ma niéce, il aura vû vos gens, votre carrosse, & d'ailleurs....

CIDALISE.

Vous avez raison, Madame, dites-luy que je suis malade, dépêchez.

CEPHISE.

Arrestez, Marton, il peut sçavoir que vous ne l'êtes point.

CIDALISE.

Dites-luy donc que je le prie de m'excuser; je vous remercie, Madame, cela sera bien mieux, & que je suis icy pour des affaires; ne m'entendez-vous pas? Marchez.

CEPHISE.

Demeurez-là, Marton, ma niéce, il faut aller plus doucement, il pourroit croire, parce que je suis icy.....

CIDALISE.

Hé quoy, Madame, après son insolence, voudriez-vous?....

CEPHISE.

La charité, ma niéce, m'oblige de le voir, & de luy parler, & je ne veux pas qu'on puisse me reprocher de n'avoir pas employé mes efforts, pour luy arracher du cœur cette pensée criminelle.

CIDALISE.

Vous poussez la charité bien loin, Madame: Marton, faites monter, on a besoin d'une vertu comme la vôtre, pour se forcer à tant de violence.

SCENE VI.

ERASTE, CEPHISE, CIDALISE, MARTON.

ERASTE.

QUe diable veux-tu que je luy dise ?

MARTON.

Hé bien ne dites mot, faites de grands soupirs, cela suffira.

CEPHISE.

On vient de m'apprendre des choses étranges, Monsieur ; la, la, remettez-vous, ce n'est point par des paroles fâcheuses que je prétens faire éclater ma vertu.

MARTON.

Comme elle se radoucit.

CEPHISE.

Ma niéce, vous pourriez à present aller trouver votre oncle.

CIDALISE.

Mais, Madame, si sa colere est au point où vous me l'avez dit....

MARTON.

Faites ce que Madame vous conseille, d'un moment à l'autre les choses changent.

CEPHISE.

Que dites-vous, Marton ?

MARTON.

Je dis, Madame, que la colere des gens promts ne dure pas.

CEPHISE.

Elle a raison, essayez par des honnêtetez à le ramener.

CIDALISE.

Mais vous-même, si vous vouliez luy parler ?

CEPHISE.

Parlez-luy la premiere, je feray ensuite tout ce qu'il faudra.

CIDALISE.

J'y vais, Madame, puisque vous me l'ordonnez.

ERASTE.

Je n'en puis plus.

MARTON.

Courage.

SCENE VII.

ERASTE, CEPHISE.

ERASTE.

J'Enrage.

CEPHISE.

Hé bien cette impertinente : je pense en verité qu'elle nous laisse seuls icy.

ERASTE.

Il est vray, Madame, & je vais l'appeller, s'il vous plaist.

CEPHISE.

Je ne dis pas cela, Monsieur, mais vous sçavez qu'aujourd'huy on juge sur les apparences, & comme deux personnes seules peuvent faire tout ce qu'il leur plaist, on peut d'elles aussi dire tout ce qu'on veut.

ERASTE.

Les personnes comme vous d'une vertu confirmée, peuvent tout hazarder, sans craindre qu'on en juge mal.

CEPHISE.

Je ne dis pas cela, Monsieur; mais on ne sçauroit assez se mettre en garde contre la médisance d'aujourd'huy.

ERASTE.

Lorsque la médisance n'est appuyée sur aucun fondement, elle est aisée à détruire, & ceux qui pourroient s'imaginer que je fusse assez témeraire pour vous aimer, n'ignorent pas que vous êtes trop vertueuse pour m'écouter; mais pour vous obéir j'appelleray Marton, si vous voulez.

CEPHISE.

Non, non, Monsieur, demeurez, que parlez-vous d'aimer? achevez, je vous prie.

ERASTE.

Je suis au desespoir.

CEPHISE.

Qu'avez-vous, vous me semblez fâché?

ERASTE.

Et qu'aurois-je, Madame?

CEPHISE.

Je ne sçay; mais vous me paroissez tout-à fait embarrassé.

ERASTE.

Il est vray, Madame, je vous l'avouë, je le

ſuis autant qu'on le peut eſtre, & je ne me ſuis jamais trouvé dans l'eſtat où je me vois.

CEPHISE.

Ma niéce m'a dit que vous m'aimiez, eſt-il vray?

ERASTE.

Ah! Madame.

CEPHISE.

Non, non, parlez-moy franchement.

ERASTE.

Ah! Madame.

CEPHISE.

Parlez-moy ſincerement, vous dis-je, les paroles ne me font pas de peur, mes ſcrupules ne vont point juſques-là : eſt-il donc vray ce qu'on m'a dit? répondez-moy.

ERASTE.

Que vous a-t'on dit, Madame?

CEPHISE.

Que vous aviez de l'amour pour moy, vous ne me parlez point.

ERASTE.

Eh bien oüi, Madame. Je ſuis mort.

CEPHISE.

Le puis-je croire?

ERASTE.

Non, Madame.

CEPHISE.

Que dites-vous?

ERASTE.

Eh! Madame, je ne ſçay ce que je dis, ny ce que je fais, je ſuis tellement troublé.....

SCENE VIII.

CIDALISE, CEPHISE, ERASTE, MARTON.

CIDALISE.

J'Ay profité de vos conseils, Madame, j'ay parlé à mon oncle, un mot de votre bouche achevera le reste.

CEPHISE.

Quoy, ma niéce, il consent que vous continuïez de demeurer avec nous?

CIDALISE.

Il ne s'en éloigne pas, Madame.

CEPHISE.

Il ne vous a point dit qu'il prétendoit absolument que vous allassiez demain trouver votre pere?

CIDALISE

Il me l'a dit d'abord, Madame, mais ensuite.....

CEPHISE.

Et bien ensuite?

CIDALISE.

Il m'a fait voir beaucoup moins de rigueur.

CEPHISE.

Vous vous trompez, ma niéce.

CIDALISE.

Non, Madame, je ne me trompe point, & je suis seure que vous le trouverez entierement disposé à ce que je souhaite, si vous avez la bonté de luy parler en ma faveur,

CEPHISE.

Je le feray tout à l'heure même.

CIDALISE.

Le voilà qui descend, Madame.

CEPHISE.

Il ne faut pas qu'il trouve Eraste ici.

CIDALISE.

Faites-le sortir par le petit escalier,

MARTON.

Allons, Monsieur.

ERASTE.

Je n'ay jamais tant souffert,

SCENE IX.

CIDALISE, CEPHISE, MARTON.

CIDALISE.

MAdame, j'entends mon oncle, il ne tiendra qu'à vous ...

CEPHISE.

Laissez-moy seule avec lui, j'en viendray mieux à bout.

CIDALISE.

Et pourquoi, Madame, ne voulez-vous pas ?

CEPHISE.

Avez-vous quelque défiance ? je ne m'en mêle plus.

CIDALISE.

Moy, Madame ? je me retire,

MARTON.

Madame, ne m'oubliez pas non plus, il n'est pas mal fâché contre moy.

CEPHISE.

J'auray soin du tout.

MARTON.

On appelle cela justement se mettre entre les mains des larrons.

SCENE X.

CEPHISE, DAMIS.

DAMIS.

HE' bien, Madame, que ferons-nous ?

CEPHISE.

Ah ! ne me parlez plus.

DAMIS.

Qu'est-ce donc ?

CEPHISE.

Vous devriez mourir de honte.

DAMIS.

Que voulez-vous dire ?

CEPHISE.

Eh ! fy, Monsieur.

DAMIS.

Je ne vous comprens point du tout.

CEPHISE.

Je vous comprens bien moy, je vous asseure ; ah ! que votre niéce a bien raison de se moquer de vous, comme elle fait : c'est vous qui la perdez ; hé ! que son pere un jour, toute sa famille elle-même, auront bien des graces à vous rendre.

DAMIS.

Expliquez-vous.

CEPHISE.

Vous devriez rougir de votre foiblesse.

DAMIS.

Qu'ay-je donc fait ?

CEPHISE.

Vous promettez à votre niéce de la souffrir chez vous, pour y vivre sans doute dans ses libertez accoutumées.

DAMIS.

Non, elle m'a promis qu'elle changeroit de conduite.

CEPHISE.

Oh bien, Monsieur, laissez-vous tromper comme elle vous a trompé toute sa vie ; mais pour moy vous me permettrez de me retirer, s'il vous plaît, je ne veux plus entendre les reproches, que des gens d'honneur me font continuellement, je vous laisserai ici avec votre niéce, & je ne seray point coupable de son dereglement.

DAMIS.

Comment donc, qu'est-ce à dire cecy ? qu'elle s'en aille ; est-ce que je vous ay jamais mis en compromis avec elle ? qu'elle s'en aille, vous dis-je ; mais elle m'avoit ce me semble fait entendre que vous estiez portée à lui pardonner.

CEPHISE.

Hé comment voulez-vous que je fasse ? M'attireray-je sans cesse la haine de tout le monde ; il est vray, je lui ay promis que je ne serois point contre elle ; parce que je croyois que vous seriez assez raisonnable pour persister dans vos résolutions.

DAMIS.

Mais je ne me suis rendu qu'à cela, & aux promesses qu'elle m'a fait de vivre plus regulierement.

CEPHISE.

Dans le temps qu'elle vous le promettoit.....

DAMIS.

Hé bien ?

CEPHISE.

Non, je ne veux rien dire, puisqu'on veut estre trompé, qu'on le soit.

DAMIS.

Expliquez-moi ce mystere.

CEPHISE.

Je suis bien folle de me tant tourmenter.

DAMIS.

Je veux sçavoir ce que vous vouliez me dire.

CEPHISE.

Pour aller en instruire votre niéce aussi-tost.

DAMIS.

Non, je ne lui en parlerai point.

CEPHISE.

Me le promettez-vous ?

DAMIS.

Oüi, je vous le promets.

CEPHISE.

Assurément ?

DAMIS.

Je vous en donne ma parole.

CEPHISE.

Oh bien, sçachez.... vous le tiendrez secret au moins.

DAMIS.

Ah ! que de discours.

CEPHISE.

Que je viens de la surprendre avec Eraste tout à l'heure.

DAMIS.

Comment ! dans le temps qu'elle me promettoit de ne le plus voir ?

CEPHISE.

Ce n'est pas tout, elle a eu l'effronterie de me dire que c'estoit de moi qu'il estoit amoureux.

DAMIS.

Ah quel monstre !

CEPHISE.

Jugez un peu si cela se pardonne.

DAMIS.

La miserable !

CEPHISE.

Je suis à present fâchée de vous l'avoir dit.

DAMIS.

Non, cela ne se peut concevoir.

CEPHISE.

Si ma conscience ne m'avoit engagée à vous le découvrir...

DAMIS.

J'étouse.

CEPHISE:

Je serois morte plutost que de le reveler.

DAMIS.

Elle partira.

CEPHISE.

On ouvre cette porte, je me retire, point d'éclaircissement. Sur-tout, qu'elle parte demain, cela suffit.

DAMIS

DAMIS.

C'est assez : elle partira, elle partira.

CEPHISE.

Songez à ce que vous m'avez promis.

DAMIS.

Elle partira, elle partira, elle partira.

SCENE XI.

CIDALISE, DAMIS, MARTON.

CIDALISE.

HE' bien, mon oncle, n'avez-vous pas trouvé ma tante tout-à-fait bien intentionnée ?

DAMIS.

Ouy, ma niéce, fort bien.

CIDALISE.

Helas ! mon oncle, que je vous suis obligée, vous verrez desormais...

DAMIS.

Je créve.

CIDALISE.

Qu'avez-vous ?

DAMIS.

Moy rien, je suis fatigué.

CIDALISE.

Allez vous reposer.

DAMIS.

Adieu.

SCENE XII.

CIDALISE, MARTON.

CIDALISE.

AH! Marton.

MARTON.

Hé bien, Madame.

CIDALISE.

Tout va le mieux du monde.

MARTON.

La vieille a donné dans le panneau?

CIDALISE.

Tu l'as dit.

MARTON.

Vous avez bien de l'obligation à ce pauvre Eraste.

CIDALISE.

Cela est vray; mais écoute-moy, si le petit Comte vient pour me voir, fais-le monter; m'entens-tu bien?

MARTON.

Ouy, ouy, cela est assez clair, je vous entens; mais Eraste à qui....

CIDALISE.

Ne raisonne pas, & fais ce que l'on te dit.

MARTON.

Madame, Madame, tromper Eraste, Monsieur Ballet, Monsieur Durcet, votre oncle, votre tante, votre cousine, & toute la Ville; voicy bien de la besogne au moins.

CIDALISE.

Ah! que de discours.

SCENE XIII.

ERASTE, CIDALISE, MARTON.

ERASTE.

Sont-ils sortis?

MARTON.

Ouy, ouy entrez, nous parlions de vous. Et bien, Madame, partirez-vous?

CIDALISE.

Non Eraste, & je me souviendray toute ma vie du plaisir que vous m'avez fait.

ERASTE.

Quelque indigne qu'il m'ait paru de vous rendre un pareil service, je n'ay rien consulté que mon attachement pour vous; mais enfin, Madame, à votre tour, il faut faire aussi quelque chose pour moy; quelle sera la fin de cette aventure?

MARTON.

La fin de toutes les Comedies, un mariage quand elle aura vingt-cinq ans.

ERASTE.

Vous ne répondez rien, Madame.

CIDALISE.

Marton ne vous en dit-elle pas assez?

ERASTE.

Ne me tromperez-vous point ?

CIDALISE.

Vous êtes toûjours dans de perpetuelles défiances.

ERASTE.

Que ne m'en guérissez-vous ?

CIDALISE.

Que faut-il faire ?

ERASTE.

Prenez au moins Pasquin auprés de vous.

CIDALISE.

J'y consens.

MARTON

Et ne faudra-t'il point aussi que je demeure avec vous ? Par ma foy, vous donnez des demangeaisons de vous tromper, à qui n'en auroit nulle envie ; l'affaire du petit Comte & de Lucile ne devroit-elle pas vous avoir rendu sage ?

ERASTE.

Tout autre que moy n'eût-il pas ?...

CIDALISE.

Ne parlons plus de cela ; que veux Pasquin ?

SCENE XIV.

CIDALISE, ERASTE, MARTON, PASQUIN.

ERASTE.

JE ne sçay ? que ne demeures-tu là-dedans ?

CIDALISE.

Laissez-le là.

ERASTE.

Enfin, Madame, vous me promettez. . . .

PASQUIN.

Hem, hem.

CIDALISE.

Il veut vous parler assurément.

ERASTE.

As-tu quelque chose à me dire ?

PASQUIN.

Moy, non, Monsieur, hem. Le brutal !

ERASTE.

Si j'estois assez malheureux pour estre separé de vous. . . .

PASQUIN.

Hem, hem.

MARTON.

Crache, vilain, & ne tousse point tant.

PASQUIN.

J'ay une toux seche, Marton, hem, hem, le cheval.

CIDALISE:

Je vous répons qu'il a quelque chose à vous dire.

ERASTE.

Viens icy.

PASQUIN *Entre ses dents.*

Monsieur, un homme, une femme, une lettre, on veut vous parler.... Madame, je vous donne le bon jour,

CIDALISE.

Que murmures-tu là, Pasquin?

ERASTE.

Je n'y comprens rien.

PASQUIN *Entre ses dents.*

Un homme, une lettre, une femme, vous dis-je, on vous veut parler; bon jour, Marton.

ERASTE.

Ce maraut là me feroit perdre patience.

PASQUIN.

Une femme...

ERASTE.

Une femme, parleras-tu? je te donneray mille coups de bâton.

PASQUIN.

Oh bien, puisque vous voulez qu'on le dise tout haut, il y a un homme au logis qui veut vous rendre une lettre.

ERASTE.

Pourquoy tout ce mystere? de quelle part?

PASQUIN.

Oh! de quelle part: il vous le dira.

CIDALISE.

Allez, Monsieur, voyez ce qu'on vous veut.

ERASTE.

Helas, Madame, que pourroit-ce estre, qui pût me tenir lieu du plaisir que je perds....

CIDALISE.

Allez, vous dis-je.

ERASTE.

J'y vais, Madame; mais auparavant, je vous prie de me rendre votre portrait, je ne puis vivre sans vous, ou sans quelque chose qui vous ressemble.

CIDALISE.

Vous rêvez, je pense; ne l'avez-vous pas mon portrait? mais je vois bien que vous voulez me rendre le vôtre que je vous ay renvoyé ce matin.

ERASTE.

Je n'ay point reçu le mien, Madame, & je vous ay renvoyé le vôtre.

CIDALISE.

Je vous ay renvoyé le vôtre, Monsieur, & je n'ay point reçu le mien.

ERASTE.

Vous l'avez, Madame, assurément Pasquin?

CIDALISE.

Je n'ay ni le mien ni le vôtre, Monsieur, assurément Marton?

MARTON *à Eraste.*

Monsieur.

PASQUIN *à Cidalise.*

Madame.

ERASTE *à Marton.*

Que voulez-vous?

CIDALISE *à Pasquin.*

Qu'y a-t'il?

MARTON.

J'ay gardé les bijoux que Madame m'avoit dit de vous rendre.

PASQUIN.

Je n'ay pas songé à vous reporter ces bagatelles que vous redemandez.

MARTON.

Vous me ferez gronder, Monsieur, si vous en parlez davantage.

PASQUIN.

Vous me ferez donner mille coups de bâton, Madame, si vous en dites encore une parole.

ERASTE.

Que vous dit là Pasquin, Madame?

PASQUIN.

Courage Madame.

CIDALISE.

Ce n'est rien, mais que je sçache un peu de quoy vous entretenoit Marton.

MARTON.

Ne dites mot, je vous prie.

ERASTE.

D'une bagatelle qui ne vaut pas la peine d'en parler; mais je ne comprens pas ce que Pasquin peut avoir avec vous à démêler.

CIDALISE.

Ce n'est rien, vous dis-je; mais je comprens bien moins quel secret il peut y avoir entre Marton & vous.

ERASTE.

Moins que rien, croyez-moi.

CIDALISE.

Je veux le sçavoir, ou je romps avec vous.

ERASTE.

Vous me direz ce que Pasquin vous a dit, ou je ne vous verrai jamais.

PASQUIN.

Tout ceci ne sent rien de bon pour moi.

CIDALISE.

Monsieur,

ERASTE.

Madame.

CIDALISE.

Vous plaist-il de m'éclaircir ce mystere ?

ERASTE.

Promettez-moi de ne point quereller Marton.

CIDALISE.

Je vous le promets.

ERASTE.

Et que vous me direz ce que vous a dit Pasquin.

CIDALISE.

J'y consens aux mêmes conditions.

ERASTE.

Je le veux bien, ma pauvre Marton.

CIDALISE.

Mon pauvre Pasquin.

PASQUIN.

Il est traistre, Madame, ne vous y fiez pas.

CIDALISE.

Et bien ?

ERASTE.

Elle n'a pas songé à me rendre ce que vous lui aviez mis entre les mains.

CIDALISE.

Vous estes bien insolente.

ERASTE.

Ah ! Madame....

CIDALISE.

Non, voilà qui est fait.

ERASTE.

Et Pasquin ?

CIDALISE.

Il a oublié de me reporter les choses dont vous l'aviez chargé.

ERASTE.

Comment coquin ?

CIDALISE.

Eraste.

ERASTE.

Madame, je vous demande pardon, Marton, rendez-moi le portrait seulement, ceci vous sera plus utile. *Il donne sa Bourse.*

CIDALISE.

Pasquin cela vous fera plus de plaisir, que ce portrait que je vous redemande.

Elle donne sa bourse.

MARTON.

Tenez, Monsieur.

PASQUIN.

Tenez, Madame.

CIDALISE.

Allez au plus viste chez vous : Pasquin prend chez Franc-coeur ce que j'y ay laissé ce matin.

ERASTE.

Suis-moi.

PASQUIN.

Sans rancune.

ERASTE.

Remercie Madame.

MARTON.

Madame.

CIDALISE.

Je n'y songe plus.

PASQUIN.

Nous en sommes quittes à bon marché.

Fin du troisiéme Acte.

ACTE IV.

SCENE PREMIERE.

Mr DURCET, ET LE LAQUAIS.

Mr DURCET.

MON enfant, puis-je voir Madame?

LE LAQUAIS.

Non, Monsieur, elle m'a dit de dire à tout le monde qu'elle dormoit.

Mr DURCET.

Elle t'a dit de dire qu'elle dormoit?

LE LAQUAIS.

Oui en verité.

Mr DURCET.

Tu veux bien que j'attende ici?

LE LAQUAIS.

Vous ferez ce qu'il vous plaira.

Mr DURCET.

Quel plaisir n'aurai-je point de lui annoncer le premier une si bonne nouvelle!

SCENE II.

Mr BASSET, Mr DURCET.

Mr BASSET.

QUe j'ai d'impatience de revoir Cidalise !

Mr DURCET.

Non, je ne voudrois : mais que vois-je ?

Mr BASSET.

Je mourrois, si j'estois un jour. .... N'est-ce pas là ? ....

Mr DURCET.

Ah juste Ciel !

Mr BASSET.

Ah ventrebleu !

Mr DURCET.

Je suis perdu !

Mr BASSET.

C'est fait de moi !

Mr DURCET.

L'aborderai-je ?

Mr BASSET.

Irai-je lui parler ?

Mr DURCET.

Oui.

Mr BASSET.

Allons.

Mr DURCET.

Que je suis embarassé !

Mr BASSET.

Mr BASSET.

Je ne sçai par où commencer.

M. DURCET.

Il faut le prévenir.

Mr BASSET.

Offrons-lui de l'argent.

Mr DURCET.

Monsieur.....

Mr BASSET.

Monsieur.....

Mr DURCET.

Si mes prieres....

Mr BASSET.

Si deux cens pistolles.....

Mr DURCET.

Pouvoient vous obliger.....

Mr BASSET.

Pouvoient vous empêcher....

SCENE III.

MARTON, Mr BASSET, Mr DURCET.

MARTON.

AH! vraymment voici bien autre chose; que faites-vous donc ici, Messieurs?

Mr DURCET.

Il m'a vû.

MARTON.

Oui de par le diantre il vous a vû.

Mr DURCET.

J'en suis bien fâché.

MARTON.

Hé ! mort de ma vie vous êtes bien indiscret.

Mr BASSET.

Je ne croyois pas que Monsieur Durcet fust ici.

Mr DURCET.

Que vous dit-il ?

MARTON.

Il dit qu'il avertira l'oncle de Cidalise que vous venez la voir.

Mr DURCET.

Voilà un méchant homme.

Mr BASSET.

De quoi vous parle-t'il ?

MARTON.

D'apprendre à Damis que vous venez voir ma Maistresse.

Mr BASSET.

Voilà un pauvre esprit.

MARTON.

à Mr Durcet.

Je tâche de l'adoucir.

à Mr Basset.

Je tâche de le rendre traitable.

Mr DURCET.

Hé bien ?

MARTON.

Il me desole.

Mr BASSET.

MARTON *à Mr Durcet.*

Il me desespere. Allez-vous-en sans lui parler.

à Mr Basset.

Sortez d'ici sans lui rien dire.

Mr DURCET.

Ha Dieu ! Monsieur Basset, quel personnage vous faites ici ?

MARTON.

Que faites-vous ?

Mr BASSET.

Je serois bien fâché, Monsieur Durcet, d'en faire un aussi méchant que vous.

MARTON.

Hé, Monsieur.

Mr DURCET.

Sçavez-vous, Monsieur Basset, sur quel pied vous estes ici ?

MARTON.

Encore ?

Mr BASSET.

Et vous, Monsieur Durcet, puisqu'il faut tout vous dire, croyez-vous qu'on ne voye pas clair ? Sans la robe que vous portez....

MARTON.

Eh taisez-vous ?

Mr DURCET.

Vraymene, mon petit amy, c'est bien à vous à faire comparaison avec un homme comme moi.

MARTON.

Ah ! Monsieur.....

Mr BASSET.

Je serai quand je voudrai ce que vous estes, & vous ne serez jamais ce que je suis.

MARTON.

Taisez-vous donc.

Mr DURCET.

Vous seriez un illustre supost de Themis.

MARTON.

Oh querellez-vous bien fort, je vais vous écouter.

Mr BASSET.

Il ne faut point parler Latin pour me dire des injures ; parlez, parlez François seulement, & vous verrez que je vous répondrez fort juste.

Mr DURCET.

Le peu de soin que l'on a pris de votre éducation, nous marque bien le lieu d'où vous sortez.

Mr BASSET.

Vous n'estes guéres obligé aux soins que l'on a pris pour vous ; car je vous jure qu'il n'y paroist point du tout.

Mr DURCET.

Ma Charge dément ce que vous dites.

Mr BASSET.

Vous fustes bien servi, Monsieur Durcet, un Perroquet en auroit fait autant, si on l'avoit interrogé comme vous.

Mr DURCET.

Vous en sçavez beaucoup pour un Financier : Vous avez envie d'estre de la Robe.

Mr BASSET.

Assez d'habiles gens la portent sans moi.

Mr DURCET.

Vous faites bien de mépriser ce que vous ne sçauriez prétendre.

Mr BASSET.

Avec de l'argent on fait tout. Si l'on y regardoit de si près, croyez-moi, vous ne seriez pas Officier.

Mr DURCET.

Adieu, Monsieur Basset, vous aurez quelque jour besoin de nous.

Mr BASSET.

Adieu, Monsieur Durcet, quand j'en aurai besoin, ceux qui méritent de porter le nom que vous usurpez me rendront justice, & je sçai comme il faut gagner tous ceux qui vous ressemblent.

Mr DURCET.

Adieu, adieu, Monsieur Basset.

Mr BASSET.

Adieu, adieu, Monsieur Durcet.

SCENE IV.

MARTON *seule.*

PAr ma foi j'ai la teste remplie, & de Bassets, & de Durcets. Je croyois qu'ils n'auroient jamais fait.

SCENE V.

MARTON, CIDALISE.

MARTON.

AH! vous avez bien operé vrayment, Monsieur Basset & Monsieur Durcet se sont dit mille ordures; chacun se prenoit pour l'espion de l'autre. J'ai peur qu'ils n'éclaircissent tout; ils sont sortis ensemble.

CIDALISE.

Je les entendois de ma chambre.

MARTON.

Cela n'estoit-il pas bien divertissant?

CIDALISE.

J'en ai pensé mourir de rire.

MARTON.

Et si Eraste estoit venu là-dessus?

CIDALISE.

Il en auroit ri comme moi.

MARTON.

Je ne sçai; c'est un mauvais plaisant sur certaines choses.

CIDALISE.

Oh tais-toi: j'ai d'autres choses dans la teste; Le Comte ne vient point.

MARTON.

Hé que diantre en voulez-vous faire? Il n'est pas plus haut que ma jambe.

CIDALISE.

Je suis picquée, je te l'avouë.

MARTON.

Hé de quoi?

CIDALISE.

De son indifference.

MARTON.

L'aimez-vous?

CIDALISE.

Moi? non; mais je ne serois point fâchée qu'il m'aimast à présent.

MARTON.

Hé pourquoi!

CIDALISE.

Pour le punir de ne m'avoir pas aimée d'abord.

MARTON.

Vous raffinez sur les plus habiles Coquettes.

SCENE VI.

UN LAQUAIS, CIDALISE, MARTON.

UN LAQUAIS.

MAdame, votre Avocat m'envoye ici vous dire que votre procès est gagné.

CIDALISE. *Elle lui donne de l'argent.*

Mon procès est gagné; tien, & dis-lui que j'aurai soin de le remercier.

MARTON.

Hé bien, Madame, nous n'avons plus besoin du Conseiller.

CIDALISE.

Je vais me délivrer de deux ennuyeux personnages.

MARTON.

Pour le Conseiller, j'y consens; mais, Madame, Messieurs Bassets ne sont pas gens à dédaigner.

CIDALISE.

Je les laisse de bon cœur à ceux qui en auront besoin, & je romprois à l'heure même avec eux; si je n'apprehendois de faire crier toute la terre contre moi.

MARTON.

Il faut du moins les chasser de bonne grace.

CIDALISE.

Il faut premierement rendre à Monsieur Basset

ser les mille pistoles qu'il m'a prestées.

MARTON.

Quand vous voudrez les rendre, donnez-les-moi à rapporter.

CIDALISE.

Non, Marton, je n'ai pas oublié les bijoux.

MARTON.

C'est Eraste, Madame.

SCENE VII.

CIDALISE, ERASTE, MARTON.

CIDALISE.

HE' bien, Eraste, avez-vous sçu ce qu'on vous vouloit?

ERASTE.

Non, Madame, je n'ai rien appris, cet homme trop impatient s'est lassé de m'attendre; il doit, dit-on, revenir à neuf heures.

CIDALISE.

Mais quoi! vous n'avez pû démêler?...

ERASTE.

Hé, Madame, de quoi nous embarassons-nous? Ne perdons plus de grace, des momens si précieux, & que notre amour ne soit pas toûjours la derniere chose dont vous me parliez.

CIDALISE.

Oh, Eraste, que vous me fatiguez! vous me dites toûjours la même chose, cela ennuye à la fin, voyez-vous, que ne m'entretenez-vous de quelque avanture qui me réjoüisse.

ERASTE.

Helas ! Madame, je suis si occupez de la mienne.

CIDALISE.

Encore une fois, brisons là, j'aimerois autant lire Clelie, que de vous entendre.

SCENE VIII.

LUCILLE, CIDALISE, MARTON, ERASTE.

LUCILLE.

AH ! ma Cousine, vous ne sçavez pas ? je passerai tout le soir avec vous, ma mere ne revient que demain.

CIDALISE.

Vous coucherez aussi avec moi, si vous voulez.

LUCILLE.

J'ai ordre de coucher chez ma tante ; mais n'importe, c'est à faire à estre un peu grondée : ah ! vous voilà Monsieur, vraiment vous avez querellé tantôt Monsieur le Comte bien mal-à-propos.

ERASTE.

Mademoiselle, je suis prest à lui faire toutes les satisfactions que vous m'ordonnerez.

LUCILLE.

Ecoutez, sans moi je vous répons qu'il n'auroit pas souffert ce que vous lui avez dit ; Monsieur le Comte a du courage au moins.

ERASTE.

Puisque vous l'aimez, je lui crois tout le merite qu'un Gentilhomme peut avoir.

LUCILLE.

Ma Cousine, il est à la petite porte du jardin

CIDALISE.

Faites-le monter, Marton.

Marton sort. LUCILLE.

Monsieur, faites-lui bien des honnestetez, je vous prie.

ERASTE.

Il sera content, je vous en réponds

SCENE IX.

CIDALISE, LUCILLE, ERASTE, LE COMTE.

LUCILLE.

VOus arrivez toujours le dernier, Monsieur le Comte, hem, patience.

ERASTE.

Je crois, Monsieur, que vous voudrez bien me pardonner, si tantôt...

LE COMTE.

Vous n'estes pas excusable, Monsieur, d'avoir pû croire qu'on me préferast à vous.

CIDALISE.

Oh ! demeurons-en là ? s'ils vous plaist. Ces Messieurs, si l'on vouloit les laisser faire, passeroient bien plus de temps à se loüer, qu'ils n'en ont mis à se quereller. Pasquin n'est point revenu ?

ERASTE.

Où l'avez-vous envoyé ?

CIDALISE.

Il est allé chercher des truffes.

LUCILLE.

Des truffes ?

ERASTE.

Oüi, Mademoiselle.

LUCILLE.

Vraiment, j'en suis bien aise ; car je les aime bien.

LE COMTE,

Lucille m'a dit, Madame, que vous feriez parler à Madame sa mere de la chose du monde que je souhaite le plus.

CIDALISE.

Nous parlerons de cela dans un autre temps.

SCENE X.

CIDALISE, LUCILLE, ERASTE, PASQUIN, LE COMTE, MARTON.

CIDALISE.

HE' voilà Pasquin.

PASQUIN.

Oüi vraiment me voilà, & j'ai bien vû l'heure que vous ne me voyez d'aujourd'hui.

ERASTE.

Comment?

PASQUIN.

J'ai pris querelle à votre porte.

CIDALISE.

Avec qui?

PASQUIN.

Avec Messieurs du Guet. Ces Messieurs-là se connoissent fort mal en gens. Si je n'avois point esté embarrassé, comme je l'estois....

LE COMTE.

Qu'aurois-tu fait?

PASQUIN.

J'aurois couru comme un diable, & je me serois bien moqué d'eux.

SCENE XI.

SCENE XI.

CIDALISE, LUCILLE, ERASTE, LE COMTE, PASQUIN, MARTON.

MARTON.

Bon soir Pasquin.

PASQUIN.

Bon soir Marton. Il me prenoient pour un voleur, à ce qu'ils disoient ; mais je croy par ma foy qu'ils me vouloient voler eux-mêmes. La peste qu'ils ont le nez fin. Ils m'ont suivi plus de trois ruës. Ces truffes que je portois les guidoient merveilleusement. Enfin je suis arrivé à la petite porte, j'ai voulu l'ouvrir avec la clef qu'Eraste m'a laissée, au diable zot; j'ai trouvé je pense plus de quarante mille trous de serrure, sans trouver le veritable, ces Messieurs se sont arrêtez. Ma crainte a redoublé, & leurs soupçons aussi ; il veut crocheter cette porte, disoit l'un ; c'est un voleur, disoit l'autre, il faut le mener au Châtelet. Enfin j'ai vû l'heure que nous allions capituler, & je me trouvois déja fort heureux de me retirer sain & sauf, sans armes ni bagages ; c'est-à-dire, sans truffes, rossoly, ni vin de Champagne.

ERASTE.

Tu as donc ouvert la porte à la fin ?

PASQUIN.

Ah ! ma foy il estoit temps ; oh çà, que ferai-je de tout cci ?

CIDALISE.

Marton, aidez-lui, sui-là Pasquin.

SCENE XII.

CIDALISE, LUCILLE, LECOMTE, ERASTE.

CIDALISE.

Allons divertissons-nous bien ce soir, je vous prie Eraste, serez-vous de bonne humeur aujourd'hui, ne vous passera-t'il rien par la tête?

ERASTE.

Non, Madame, de ma vie; si vous continuez de répondre à ma tendresse, vous me trouverez toûjours l'homme du monde le plus reconnoissant.

CIDALISE.

Et plus de jalousie sur tout?

ERASTE.

Je ferai un effort pour n'en plus avoir; mais vous, de vôtre côté, essayez autant que vous pourrez d'éviter les occasions qui pourroient m'en donner.

CIDALISE.

Je vous le promets.

LE COMTE.

Et vous, Mademoiselle, que me promettez-vous?

LUCILLE.

D'estre toûjours comme je suis.

SCENE XIII.

CIDALISE, LUCILLE, ERASTE, LE COMTE, MARTON.

MARTON. *Elle parle à l'oreille de Cidalise.*

MAdame.

ERASTE.

Que vous dit-elle?

CIDALISE.

Ne vous voila-t'il pas d'abord en campagne. Dites que je suis empêchée.

MARTON.

Mais Madame. . . .

ERASTE.

Oh! pour cela, Madame, je ne puis y tenir; je ne sçais pas ce que je n'aimerois point mieux, que de voir parler à l'oreille. Ne me faites point souffrir davantage, je vous prie.

LUCILLE.

Hé ma Cousine.

LE COMTE.

Hé Madame.

CIDALISE.

Non, il ne le sçaura pas, je vais leur parler.

ERASTE.

Je veux penetrer ce mystere.

CIDALISE.

Monsieur.

ERASTE.

Madame. . . .

CIDALISE.

Vous me fâchez bien fort.

ERASTE.

Dites-moy donc ce que c'est ?

CIDALISE.

Je vous le dirai : mais je romps avec vous. . . .

ERASTE.

Voilà qui est fait, je ne vous le demande plus ; mais j'en mourrai.

CIDALISE.

A present que vous êtes raisonnable je veux bien vous le dire ; mais quand vous l'aurez sçu ne cessez pas de l'estre.

ERASTE.

Non, je vous le proteste.

CIDALISE.

Ce sont deux hommes que vous ne connoissez point qui viennent d'éclaircir que depuis longtemps je me moquois d'eux. Ils vouloient m'épouser l'un & l'autre. Ne vous allarmez point, j'avois interest de les ménager ; l'un estoit mon Rapporteur, l'autre me prêtoit de l'argent ; mon procés est gagné, je n'ai plus besoin d'eux, dictez-moi la réponse, je la leur ferai, ou parlez-leur vous-même.

LE COMTE.

Il paroist de la bonne foy dans le procedé de Madame.

CIDALISE.

Tout cela ne le satisfait point encore ; à quoy rêvez-vous?

ERASTE.

A rien, Madame.

SCENE XIV.

CIDALISE, ERASTE, LUCILLE, LE COMTE, PASQUIN, Mr DURCET, Mr BASSET.

CIDALISE.

QU'entens-je là ?

PASQUIN.

Non, vous n'entrerez pas.

Mr DURCET.

Retire-toi mon ami.

PASQUIN.

Il n'y a ami qui tienne, vous n'entrerez pas.

Mr BASSET.

Ote-toi de là, mon enfant.

PASQUIN.

Voilà un méchant pere.

Mr DURCET.

Les soins que j'ai pris pour vous, Madame, meritoient une autre récompense.

Mr BASSET.

Je suis honteux d'avoir esté si long-temps votre duppe.

Mr DURCET.

Je suis ravi d'estre desabusé.

Mr BASSET.

Monsieur Durcet me fuyoit, & je fuyois Monsieur Durcet, quand nous n'avions que vous à fuir.

CIDALISE.

Qu'y a-t'il donc, Messieurs?

Mr DURCET.

Nous ne sommes pas ici en lieu, Madame, de nous expliquer davantage.

Mr BASSET.

Et moi je voudrois que tout Paris fût ici pour lui donner plus de confusion.

ERASTE.

Tout beau, tout beau, Monsieur, je ne sçai qui vous êtes; mais apprenez à parler plus civilement à des Dames.

Mr BASSET.

Ah vrayment il y a long-temps que l'on ne m'apprend rien! c'est moi qui montre aux autres.

ERASTE.

Qui est cet homme là, Madame?

CIDALISE.

Laissez-là en repos, je vous prie.

Mr BASSET.

Je m'appelle Monsieur Basset, entendez-vous?

ERASTE.

Hé bien, Monsieur Basset, n'estoit la consideration que j'ai pour ces Dames, je vous jetterois par les fenêtres.

Mr BASSET.

Tout cela s'appelle des façons de parler.

ERASTE.

Mon petit drôle?

CIDALISE.

Hé taisez-vous, mon pauvre Monsieur Basset, il ne faut point vous abuser davantage, je ne vous ai jamais aimé. Vous m'avez fait plaisir, & je l'ai reconnu en vous pardonnant l'audace que vous avez eu de vouloir m'époufer : Pour les mille piftolles que je vous dois, je les rendrai au premier jour.

Mr BASSET.

Vous ferez fort bien, Madame, vous ferez fort bien.

CIDALISE.

Pour vous, Monfieur, dans la neceffité de mes affaires, il m'eftoit important de gagner les bonnes graces de mon Raporteur ; vous m'avez perfuadée que j'y avois réüffi par les foins que vous avez eus de mon procès ; je vous en remercie, & croyez que j'aurois reçu autrement l'honneur que vous me faifiez de vouloir m'époufer, fi je n'avois efté engagée depuis long-temps avec Monfieur.

SCENE XV.

CIDALISE, LUCILIE, ERASTE, LE COMTE.

ERASTE.

CE Monfieur Baffet là a les épaules bien larges.

LE COMTE.

En verité, Monfieur, vous devriez eftre content, vous luy en avez affez dit, & trop même.

ERASTE.

Ouy, mais j'en ai trop peu fait.

CIDALISE.

Ne deviendrez-vous jamais fage ?

ERASTE.

Hé, Madame, j'enrage.

SCENE XVI.

CIDALISE, LUCILLE, LE COMTE.

LUCILLE.

Ou va-t'il donc?

CIDALISE.

Que sçait-il, c'est un fou, je ne prens pas garde à ce qu'il fait.

SCENE XVII.

CIDALISE, LUCILLE, LE PETIT CHEVALLIER, LE COMTE.

CIDALISE.

Hé ma Cousine, voilà votre petit frere; hé bon soir le petit bon-homme.

LE PETIT CHEVALLIER.

Ouy, ouy, bon soir, ah, ah, ma sœur, vous dites que vous allez chez ma tante, & je vous trouve icy.

LUCILLE.

Et vous, Monsieur, qui vous a permis d'y venir à l'heure qu'il est?

LE PETIT CHEVALLIER.

C'est ma mere qui est revenuë, & qui m'envoye vous chercher; hé, la, la, vous ne serez pas mal grondée; & voilà aussi mon gourmand qui mangeoit toutes les confitures sans m'en donner.

LUCILLE.

Ah! ma Cousine, il dira tout à ma mere.

CIDALISE.

Laissez-moi faire. Oh çà, mon cher petit Cousin, voudrois-tu nous faire un plaisir?

LE PETIT CHEVALLIER.

C'est selon. Vous ne me tromperez pas. Premierement ma mere m'a envoyé ici, pour voir ce que ma sœur y faisoit, & je m'en vais le luy dire.

CIDALISE.

En verité vous êtes un franc petit sot.

LE PETIT CHEVALLIER.

Sot tant qu'il vous plaira; mais je le ferai comme je vous le dis.

CIDALISE.

Quoi, mon Cousin, si par exemple on vous donnoit des confitures tout plein vos posches, & un Loüis d'or pour aller joüer à paume, pour dire seulement que vous avez trouvée votre sœur couchée & endormie chez ma tante, vous ne le feriez pas.

LE PETIT CHEVALLIER.

Il faudroit voir: Il est bien aisé déja de prendre une pistolle & des confitures; mais pour mentir à ma mere, cela n'est pas si aisé que vous croyez.

CIDALISE.

Pour ne uous point embroüiller, débarrassons-nous des choses aisées; tien voilà la pistolle, & je te vai donner des confitures.

LE PETIT CHEVALLIER.

Voyez-vous, il faut me recommencer les choses plus d'une fois à moi; d'abord j'ai de la peine à les comprendre.

LUCILLE.

Mais, mon frere, il ne faut que dire à ma mere que je suis chez ma tante, & que je suis couchée.

LE PETIT CHEVALLIER.

Taisez-vous, vous ne sçavez ce que vous dites; ma Cousine se fait bien mieux entendre que vous.

CIDALISE.

Mais point, mon Cousin, elle vous dit la chose comme il faut.

LE PETIT CHEVALLIER.

Pardonnez-moi, elle n'a point parlé de confitures.

CIDALISE.

Hé bien en voilà, nous entendez-vous mieux?

LE PETIT CHEVALLIER.

Oh je vous entens à present. Que faut-il faire? dire à ma mere que ma sœur est chez ma tante.

CIDALISE.

Ouy.

LE PETIT CHEVALLIER.

Qu'elle est couchée.

CIDALISE.

Ouy.

LE PETIT CHEVALLIER.

Ne trouvez-vous point encore quelque petite difficulté?

LUCILLE.

Oh faites ce qu'on vous dit, ou rendez l'argent & les confitures.

LE PETIT CHEVALLIER.

Allez, allez, je me moquois de vous, ma mere

n'est point revenuë : mais je me suis bien douté que ma sœur estant ici avec Monsieur le Comte.

CIDALISE.

Peste soit du petit fripon. Veux-tu souper avec nous ?

LE PETIT CHEVALLIER.

Et où coucherai-je ?

CIDALISE.

On vous fera un petit lit auprés de moy.

LE PETIT CHEVALLIER.

Envoyez donc dire chez nous que je coucherai aussi chez ma tante.

CIDALISE.

On le fera. Voyons ce que fait Eraste, & que l'on mette le couvert.

Fin du quatriéme Acte.

ACTE V.

SCENE PREMIERE.

MARTON, PASQUIN.

MARTON.

ALLONS donc, Pasquin, remuez-vous un peu, puisque vous êtes de la maison, mettez le couvert.

PASQUIN.

Et où est-il ce couvert?

MARTON.

Approche cette table. Où vas-tu? non, tien la voila, tu es étourdi comme un hanneton.

PASQUIN.

Ecoute, mon enfant, il faut de l'habitude à tout: on ne parloit non plus de table chez feu mon maistre, qui si ç'eût esté un meuble tout-à-fait inutile. Dieu garde de mal celui qui a passé souvent deux jours & deux nuits sans manger.

MARTON.

Et de quoy vivois-tu?

PASQUIN.

PASQUIN.

Nous vivions de pleurs, de soûpirs.

MARTON.

La mauvaise nourriture !

PASQUIN.

Elle est un peu amere tranchement, & je te répons que moy, qui ne prens point les choses autrement à cœur, je sens une certaine douleur, un étouffement, qui me répond entre les deux épaules.

MARTON.

Tais-toy. Va prendre le couvert dans cette armoire.

PASQUIN.

Combien apporteray-je de couvert ?

MARTON.

Cinq. Te dépelcheras-tu ?

PASQUIN.

Oh, donne-toy patience, ou vient les querir toy-même.

MARTON.

Je pense que j'aurois plutost fait.

PASQUIN.

Que tu es boüillante !

MARTON.

Ouy vraiment je le suis.

PASQUIN.

Je m'en souviens fort bien, le soufflet de tantost.

MARTON.

N'est-ce point de-là que t'est resté ton étouffement entre les deux épaules ?

PASQUIN.

Va, va, je n'oublie rien, & si jamais je suis ton mary.....

MARTON.

Va, va, si je suis jamais ta femme, je te donneray tant d'affaires, que tu ne songeras pas à celle-là.

PASQUIN.

Belle esperance!

MARTON.

Tais-toy, voicy Madame.

SCENE II.

CIDALISE, LUCILLE, LE COMTE, MARTON, PASQUIN.

CIDALISE.

AH juste Ciel qui a jamais ouy parler d'une semblable perfidie!

MARTON.

Madame.

CIDALISE.

J'estois prest d'entrer dans la chambre de mon oncle, pour luy donner le bon soir.

MARTON.

Hé bien?

CIDALISE.

Ma tante estoit auprés de luy, j'ay eu la curiosité d'écouter ce qu'ils disoient.

MARTON.

Que disoient-ils?

CIDALISE.

Ils prenoient, leurs mesures pour me faire partir demain. Je suis au desespoir.

MARTON.

Allons, allons, Madame, ne vous affligez point : contre fortune bon cœur. Quand on a de l'esprit, on se divertit par tout.

CIDALISE.

Que ferons-nous dans ce vilain Chasteau ?

MARTON.

Nous médirons de Madame vostre tante ; il y aura là dequoy nous occuper six mois.

CIDALISE.

On ne peut pas toujours médire.

MARTON.

Nous trouverons mille amusemens.

CIDALISE.

Hé quoy encor ?

MARTON.

Mais que sçay-je moy ! casser les vitres, les miroirs, rompre, briser les meubles, mettre le feu à la maison ; il y a cent petites choses recreatives comme cela.

SCENE III.

CIDALISE, ERASTE, MARTON, PASQUIN, LE COMTE, LUCILLE.

CIDALISE.

AH ! Eraste, je vais vous dire adieu.

ERASTE.

Que dites-vous ?

CIDALISE.

Ouy, je vous dis adieu ; & c'est vous qui en estes la cause.

ERASTE.

Moy ?

CIDALISE.

Ouy, vous. Les honnestetez que vous fistes à ma tante, les premiers jours que vous vinstes icy, & qu'elle prit pour les commencemens d'une grande passion, l'ont déterminée à ce que vous voyez aujourd'huy.

ERASTE.

A quoy donc, Madame ?

CIDALISE.

A m'éloigner, pour ne plus trouver d'obstacles à sa tendresse.

ERASTE.

Ah ! si elle se flatte par-là de me rendre sensible.

CIDALISE.

N'en parlons plus, me voilà resoluë à tout.

ERASTE.

A quoy donc, Madame ?

CIDALISE.

A partir demain.

ERASTE.

Quoy, Madame, je ne vous verray plus ?

CIDALISE.

Je suis la plus à plaindre, Eraste, on trouve icy dequoy dissiper ses chagrins, mille plaisirs qu'on ne peut éviter, consolent de n'estre pas auprés de ce qu'on aime, & bien souvent une conqueste nouvelle ne vous en laisse pas le moindre souvenir ; mais moy qui vais passer une année entiere à la Campagne, que la plus belle saison ne pourroit me rendre agreable, qui pour objets les plus plaisans..... Ah! je vous prie laissez-moy m'étourdir là-dessus, les reflexions me tuent, j'ay encor une nuit à demeurer icy, je veux en employer tous les momens à desesperer mon oncle, & ma tante.

MARTON.

Bon cela.

ERASTE.

Hé, Madame, ne ferions-nous pas mieux de prendre des mesures?......

CIDALISE.

Je veux passer toute la nuit à danser.

MARTON.

Fort bien.

CIDALISE.

Commençons par faire medianoche, quelle heure est il?

MARTON.

Il n'est que dix heures.

PASQUIN.

Si vous voulez, Madame, je feray sonner minuit à la pendule.

ERASTE.

Hé, de grace, Madame, parlez-moy.

CIDALISE.

Tout à l'heure. Je veux avoir des violons ce soir.

MARTON.

Ne voulez-vous pas aussi des tambours & des trompettes, pour réveiller toute la maison?

CIDALISE.

Je ne raille point, je veux donner le bal.

ERASTE.

Hé, Madame, vous les animerez d'une maniere.....

CIDALISE.

Je n'ay plus rien à ménager.

PASQUIN.

Mais croyez-moy.....

CIDALISE.

Ah! je vous prie, laissez-moy en repos.

ERASTE.

En verité, Madame, vous avez bien peu de consideration pour moy : quoy dans le temps qu'il faut nous separer, tout ce que vous pensez n'a pas le moindre rapport à ma tendresse?

CIDALISE.

Ah, Eraste, que vous me fatiguez! que voulez-vous que je vous dise?

ERASTE.

Ce que je veux que vous me disiez?

CIDALISE.

Marton songez à nostre soupé.

MARTON.

C'est assez.

ERASTE.

M'écrirez-vous?

CIDALISE.

Ouy. Faites mettre des bougies par tout.

MARTON.

Il y en aura.

ERASTE.

Hé, Madame, de grace, écoutez-moy.

CIDALISE.

Je vous écoute..... je vous écoute, vous dis-je. Mais à propos que vouloit cet homme de tantost, l'avez-vous vû?

ERASTE.

Ouy, Madame

CIDALISE.

Que vouloit-il ?

ERASTE.

Me rendre une lettre.

CIDALISE.

De qui ?

ERASTE.

De quelqu'un qui vouloit se divertir apparemment.

CIDALISE.

Est-ce l'écriture d'une femme ?

ERASTE.

Je ne sçais.

CIDALISE.

Montrez-la moy.

ERASTE.

Je vais vous la donner.

CIDALISE.

Dépeschez-vous.

ERASTE.

Un moment, s'il vous plaist.

CIDALISE.

L'avez-vous ?

ERASTE.

Pas encor.

CIDALISE.

Vous me faites mourir.

ERASTE.

La voicy.

CIDALISE.

Ah je respire !

ERASTE.

Non, ce n'est pas elle.

CIDALISE.

Est-elle est perduë.

ERASTE.

La voilà.

CIDALISE.

Je la veux lire.

LETTRE.

Je ne veux point vous laisser achepter par des soins, une tendresse que rien ne sçauroit payer, que la vôtre : Si vous m'aimez, comme on me l'a voulu faire croire, je suis contente ; mais cessez d'en faire confidence à d'autres qu'à moy ; cachez même, si vous pouvez, à celui qui vous rendra ma lettre, le plaisir qu'elle doit vous donner ; & trouvez les moyens de me faire tenir une réponse, où je trouve dans chaque ligne que vous m'aimerez éternèllement.

CIDALISE.

Marton, c'est une lettre de ma tante.

MARTON.

Ah, Madame !

ERASTE.

Que voulez-vous dire ?

CIDALISE.

Vous le sçaurez, je ne sortiray point de Paris, Eraste.

ERASTE.

Vous n'en sortirez point ?

CIDALISE.

Non, vous dis-je, que ferons-nous, n'irons-nous pas au Bal ?

ERASTE.

Vous sçavez que je fais tout ce qu'on veut.

LUCILLE.

Monsieur le Comte le voulez-vous bien ? Nous souperons aprés, ma cousine.

LE COMTE,

Vous n'avez qu'à commander, Mademoiselle:

CIDALISE.

Avez-vous là vôtre carosse ?

ERASTE.

J'ay le mien au bout de la ruë.

LE COMTE.

Le mien y est aussi.

CIDALISE.

Voilà qui est bien. Comment nous déguiserons-nous ? Pour moy je ne veux qu'une écharpe.

LUCILLE.

Et moy, ma cousine ?

MARTON.

Prenez la vôtre aussi.

ERASTE.

Pour moy je ne veux que mon manteau.

LE COMTE.

Ny moy non plus.

LE PETIT CHEVALIER.

Et moy ?

LUCILLE.

Et vous, vous irez vous coucher.

LE PETIT CHEVALIER.

Non pas, s'il vous plaît.

MARTON.

Tenez voilà tout l'attirail.

CIDALISE.

Ne heurte-t'on pas.

LE COMTE.

On heurte assurément, Madame.

LUCILLE.

Ah! ma cousine, c'est peut estre ma tante.

CIDALISE.

Hé bien quand ce seroit elle, faut-il tant s'étonner, laissez-moy parler; passez dans ma chambre, Eraste.

LE COMTE.

Et moy, Madame?

CIDALISE.

Et vous aussi. Qui est là.

SCENE IV.

CEPHISE, CIDALISE,

CEPHISE.

OUvrez.

CIDALISE.

Qui est là?

CEPHISE.

Ouvrez, vous dis-je.

CIDALISE.

Ah, ah, c'est ma tante.

CEPHISE.

Ouy, ma niéce, c'est moy.

CIDALISE.

Eh qui vous fait venir ici à l'heure qu'il est.

CEPHISE.

Monsieur Durcet a pris la peine de m'avertir qu'on se préparoit ici à passer une bonne nuit.

CIDALISE.

Madame, je me trouvois mal.

CEPHISE.

Vous trouvez-là de bons remedes.

MARTON.

Le Medecin luy a ordonné de faire medianoche.

CIDALISE.

J'ay voulu attendre minuit pour manger gras.

CEPHISE.

Et vous, Lucille, que faites-vous ici ?

CIDALISE.

J'ay crû que vous ne trouveriez pas mauvais si je la tenois à coucher avec moy.

CEPHISE.

Vous usez bien des permissions qu'on vous donne, laissez-moy faire, on trouvera les moyens de vous mettre à la raison.

CIDALISE.

Oh, Madame, je vous prie, faites-nous bonne mine. Ma cousine ne vous chagrinez point; elle est bonne personne, je la connois; un quart-d'heure d'entretient tête à tête nous la rendra favorable.

CEPHISE.

Nous verrons à la fin qui plaisantera le plus long-temps.

CIDALISE.

En verité, Madame, si vous êtes si farouche, je vous feray prier par des gens pour qui vous ne serez pas si cruelle.

CEPHISE.

Que voulez-vous donc dire, expliquez-vous ?

CIDALISE.

J'ay bien de la peine à me faire entendre; Eraste, priez Madame de ne nous point estre si contraire.

CEPHISE.

Je suis trahie.

SCENE V.

CIDALISE, CEPHISE, LUCILLE, ERASTE, LE PETIT CHEVALIER, PASQUIN, MARTON.

CEPHISE.

HE' bon soir, ma tante, voulez-vous venir au Bal ?

CIDALISE.

Ouy da, elle y viendra, pourquoy non ?

CEPHISE.

Vous voulez bien que je me retire.

CIDALISE.

Nous avons le plus joly soupé du monde, vous en serez, s'il vous plaît.

CEPHISE.

Je feray tout ce que vous voudrez.

CIDALISE.

Ne vous avois-je pas bien dit que c'étoit la meilleure personne du monde, elle entend les choses à demi mot.

LUCILLE.

On frape à la porte.

MARTON.

Madame, c'est votre oncle.

CIDALISE.

Madame, voyez, c'est à present votre affaire, empêchez-le d'entrer, si vous pouvez.

CEPHISE.

CEPHISE.

Elle met les bougies sous la table.

Ne remuez point tous, ne faites point de bruit ; qui est là ?

SCENE VI.

DAMIS, CEPHISE, CIDALISE, LUCILLE, ERASTE, MARTON, PASQUIN, LE COMTE.

DAMIS.

Est-ce vous, ma femme ?

CEPHISE.

Est-ce vous, Monsieur ?

DAMIS.

C'est moi-même, ouvrez.

CEPHISE.

Avez-vous là de la bougie !

DAMIS.

Ouy.

CEPHISE.

Eteignez-là.

DAMIS.

Eh pourquoy !

CEPHISE.

Eteignez-là, vous dis-je.

DAMIS.

Elle est éteinte.

CEPHISE.

Donnez-moy la main; que venez-vous faire icy?

DAMIS.

Qui venez-vous faire vous-même?

CEPHISE.

Monsieur Durcet me vient d'envoyer dire qu'on se préparoit à faire medianoche ici, & qu'Eraste & d'autres encor devoient s'y trouver.

DAMIS.

Monsieur Basset m'a fait dire la même chose.

CEPHISE.

Cela n'est pas vray cependant, il y a prés d'une demie-heure que je suis icy, je n'entends rien.

DAMIS.

Et comment y êtes-vous entrée?

CEPHISE.

N'ay-je pas une clef de cet appartement? allez retirez-vous, prenez garde de tomber sur la montée; je veux examiner cecy, à moins qu'ils ne soient dans la chambre où elle couche. . . . laissez-moy faire, s'il me paroît la moindre chose, j'iray vous avertir.

DAMIS.

Bon soir Madame.

CEPHISE. *Pasquin veut reprendre les bougies.*

Bon soir Monsieur. Attendez.

DAMIS.

Que dites-vous?

CEPHISE.

Je dis que vous n'alliez pas si viste, de peur de vous blesser.

SCENE VII.

ERASTE, LE COMTE, CIDALISE, CEPHISE, LUCILLE, MARTON, PASQUIN.

ERASTE.

Le voilà parti.

CEPHISE.

Vous voyez, ma niéce, que je ne suis pas si mauvaise qu'on s'imagine.

CIDALISE.

Moy, ma tante, vous êtes la meilleure personne du monde quand vous voulez : Oh çà voyons donc, n'irons-nous pas au Bal ?

CEPHISE.

Je vous prie de m'en dispenser.

CIDALISE.

Oh, ma tante, vous y viendrez.

LE PETIT CHEVALIER.

Allons, Madame, il y faut venir, s'il vous plaît.

CIDALISE.

Ma tante danse à merveille.

CEPHISE.

Ce n'est point parce que je danse mal que je n'y veux point aller.

MARTON.

La vieille folle.

CIDALISE.

Dépêchons-nous, allons viste, ma tante.

CEPHISE.

Mais ma niéce......

MARTON.

Oh par ma foy vous y viendrez.

CIDALISE.

Sommes-nous prêts, allons-nous-en, nous mangerons aprés.

CEPHISE.

Où me suis-je fourrée!

LUCILLE.

Marton ne vient-elle pas?

MARTON.

Pourquoy non?

CIDALISE.

Il faut que Pasquin reste icy pour nous ouvrir la porte.

ERASTE.

Parle donc hay?

PASQUIN.

Monsieur.

ERASTE.

Ne t'endors pas au moins, quand il faudra nous ouvrir.

MARTON.

Je ne m'y fie pas, je vais prendre la clef.

SCENE VIII.

PASQUIN *seul*.

BOnne petite vie, par ma foy, si l'oncle reve-noit cela seroit tout-à-fait drôle, ce sont leurs affaires ; la mienne est à present de voir s'il n'y a point quelqu'une de ses bouteilles de trop. Voilà justement ce qu'il me faut. A vous, Monsieur Pasquin, Monsieur je vous suis fort obligé, allons donc point de façon, je suis votre serviteur ; il faut que vous me fassiez raison de la santé que je viens de vous porter. Ah de tout mon cœur, beuvez donc. Voilà un brave homme ; ta, ta, ta, ta, lera, je suis un peu rond franchement ; il ne faut pourtant point se rebuter ; à vos inclinations, Monsieur Pasquin, ah il ne sera pas dit que Monsieur Pasquin demeure court.

SCENE IX.

DAMIS, PASQUIN.

PASQUIN.

Qui est là ?

DAMIS.

Ouvrez.

PASQUIN.

Je ne sçaurois.

DAMIS.

Eh faut-il tant de façons ; qui peut ouvrir le jardin à l'heure qu'il est : que fais-tu là ?

PASQUIN.

Vous voyez, je tâche d'adoucir les miseres de la vie.

DAMIS.

Où est Cidalise ?

PASQUIN.

Où elle est?

DAMIS.

Ouy.

PASQUIN.

Je ne sçay: Tenez, Monsieur Damis, voulez-vous boire un coup?

DAMIS.

A qui parles-tu, coquin?

PASQUIN.

Il est de Champagne, Monsieur Damis.

DAMIS.

Allez dire à ma femme qu'elle descende icy.

PASQUIN.

Madame Damis est allée au Bal, Monsieur Damis.

DAMIS.

Ma femme au Bal.

PASQUIN.

Ouy da au Bal, elle danse fort bien.

DAMIS.

Je suis bien fou de m'arrêter à ce que me dit un yvrogne, mais qu'entens-je?

PASQUIN.

C'est Madame Damis.

SCENE X.

DAMIS, CIDALISE, LUCILLE LE COMTE, PASQUIN, MARTON.

LUCILLE.

En verité, ma cousine, je suis bien malheureuse.

LE COMTE.

Le carosse d'Eraste s'est rompu bien mal à propos.

LUCILLE.

Comment reviendront-ils ?

LE COMTE.

Le mien est allé les reprendre.

DAMIS.

Ah ! malheureuse, c'est donc là l'effet de vos promesses, vous ne deviez plus voir Eraste, vous ne gardez plus aucunes mesures ; ce n'étoit point assez de perdre votre réputation, il faut jetter toute votre famille dans le même désordre. Ah ! Lucile, Lucille, votre mere vous punira, je vous en répons : Et vous, Madame, nous trouverons votre pere & moy d'assez bons amis pour vous faire repentir de votre conduite.

CIDALISE.

Voudriez-vous, Monsieur, m'écoûter un moment ?

DAMIS.

Que pouvez-vous me dire ?

CIDALISE.

On a pris soin, Monsieur, d'empoisonner ma maniere de vie, quand vous voudrez l'examiner vous ne la trouverez point criminelle ; j'aime Eraste, il est vray, & je tâcheray par toutes sortes de moyens honnestes de n'en épouser jamais d'autre ; vous & mon pere y auriez déja consenti, sans les artifices de ma tante ; elle ne veut point me souffrir chez vous, non point tant pour m'empêcher de voir Eraste, qu'à fin de le voir, elle sans obstacle.

DAMIS.

Ah ! miserable, qu'ose-tu dire ?

CIDALISE.

Ce qu'elle ne peut démentir.

DAMIS.

Que vois-je ?

CIDALISE.

Je sçay que cela est sensible ; mais je ne pouvois qu'aux dépens de mon propre honneur, vous épargner de semblables chagrins.

SCENE DERNIERE.

DAMIS, CEPHISE, CIDALISE, LUCILLE, LE COMTE, PASQUIN, MARTON.

CEPHISE.

AH! ma niéce, j'ay le bras bien blessé.

DAMIS.

Fusses-tu morte, malheureuse? puisque cette lettre est de toy.

CEPHISE. *Elle s'évanoüit dans les bras de Pasquin.*

Je suis perduë.

PASQUIN.

Madame, voulez-vous un peu de vin de Champagne?

CIDALISE.

Portez-là dans ma chambre. Eraste ne perdons point de temps, mon pere doit venir aujourd'hui, employons toute la terre pour le faire consentir à notre mariage. Pour vous, ma cousine, je sçais des gens, je vous l'ay déja dit, que votre mere ne pourra refuser.

PASQUIN.

Et moi, Marton?

MARTON.

Oste-toi de là yvrogne.

FIN.

www.ingramcontent.com/pod-product-compliance
Ingram Content Group UK Ltd.
Pitfield, Milton Keynes, MK11 3LW, UK
UKHW031912260826
14628UKWH00003B/1147

9 782016 131596